明 治

めいじ

含苞待放的新时代、新女性

（日）茂吕美耶 著

四川文艺出版社

图书在版编目（CIP）数据

明治：含苞待放的新时代、新女性／(日) 茂吕美耶著. -- 成都：四川文艺出版社，2018.1

ISBN 978-7-5411-4856-9

Ⅰ. ①明… Ⅱ. ①茂… Ⅲ. ①随笔－作品集－日本－现代 Ⅳ. ①I313.65

中国版本图书馆CIP数据核字(2017)第300181号

MINGZHI

明治

HANBAODAIFANG DE XINSHIDAI XINNUXING

含苞待放的新时代、新女性

（日）茂吕美耶　著

责任编辑　李国亮　周　轶
封面设计　叶　茂
内文设计　史小燕
责任校对　蓝　海
责任印制　崔　娜

出版发行　四川文艺出版社（成都市槐树街2号）
网　　址　www.scwys.com
电　　话　028-86259287（发行部）　028-86259303（编辑部）
传　　真　028-86259306

邮购地址　成都市槐树街2号四川文艺出版社邮购部　610031
排　　版　四川最近文化传播有限公司
印　　刷　成都勤德印务有限公司
成品尺寸　146mm×210mm　1/32
印　　张　10　　　　　　　　　字　　数　190千
版　　次　2018年2月第一版　　印　　次　2018年2月第一次印刷
书　　号　ISBN 978-7-5411-4856-9
定　　价　58.00元

为了能长出新芽，必须让一粒种子破碎。

目录 Contents

PART 2　食、衣、住、行与　娱乐

－ 前言 －

明治元年的一些事

1868年10月23日，也是庆应四年九月八日，日本改元明治元年。

自此，江户时代结束，明治时代诞生。

同年一月三日，天皇便下达"王政复古大号令"（天皇亲政）。十月十二日，举行天皇即位大礼；十二月二十六日，江户城改名为东京城，定为皇居。

明治元年至五年，日本仍使用太阴历，因此上述数字均是换算为阳历的日期，也是日本学生必须背得头昏脑涨的历史大事。可学生出了社会后，通常会忘掉这些数字。包括我。各位读者也无须记数字，这些烦琐事是写书人的责任。

我比较感兴趣的是一月三日下达"王政复古大号令"，废除德川幕府；一月三十日，朝廷便通告所有公卿，没有必要遵守"御齿黑"（ohaguro）（用铁浆染黑牙齿）、"点眉"（在额头上画黑圈圈）等旧习。

而且，同月，朝廷更向皇室大膳职（负责调理款待臣下宴席的部门，并管理诸国奉献的食物）下令，往后御厨食谱中须增添肉馔。长达一千二百多年的肉食禁令，才如此由皇室率先解禁。而明治新政府正式在《新闻杂志》发表肉食解禁公文，鼓励国民吃肉食（此处的肉食，指陆上所有家畜、野生动物，不包括河川、海洋的鱼类），则是明治五年（1872）正月。同年四月，新政府又公告可以自由买卖死牛马。换句话说，在这之前，以日本人的观念来看，牛、马都是日常生活的劳作伙伴，病死或横死时，均跟人一样进行埋葬。然而，横滨不愧是新兴先进都市，明治元年九月，便有人开了第一家牛锅店"太田"，供客人吃切成四方形蘸甜味噌的牛肉。在吃肉上，东京虽然落后横滨一年，但神田却有人于四月开了第一家西洋洗衣店。那么，推动明治维新主角之一的萨摩藩（鹿儿岛）武士呢？

好，既然吃跟穿的都落后江户仔及舶来横滨仔一步，咱家萨摩仔就在头上动手脚吧。于是，无论白的、黑的、灰的、浓的、薄的、秃的，全体在四月剪下小发髻，成为披头士……哦，不，是披头萨摩仔。

对以写文字为生的人来说，或许不能忘了福泽谕吉①。五

---

① 福泽谕吉（1835-1901），大阪府人。思想家、教育家，东京学士会院首任院长，私立大学庆应义塾大学创立者，明治六大教育家之一。一万日元纸币肖像。

月，因福泽所著的《西洋事情》出现盗版，他在《中外新闻》刊登广告，大声疾呼"版权所有，不准翻印"。嗯，太了不起了。

《中外新闻》是二月在江户创刊的日本新闻鼻祖，之前都是浮世绘瓦版，卖报的有时必须在街头讲解事件给听众听，江户时代称之为"读卖"。一百四十年过后的今日，谢天谢地，福泽不用再刊登广告主张自己的版权了，因为平成政府在2004年就为他"改版"，于万元日币动了不少新技术，以防不肖人士"盗版"。

说了一大堆，其实真正该说的是"东京命名人"。

东京，这个无时无刻不在成长、不在变化、不在膨胀的巨大都市，到底谁是它的命名人？

幕府末期，相对于西方"京都府"，江户仔已在日常会话中把"东京府"挂在口头。只是，一旦真正改朝换代，新政府众要人唱叫扬疾"富国强兵""文明开化"时，竟然没有人想到必须正式给江户改名。

公卿岩仓具视的亲信北岛千太郎（水户藩士），于闰四月向新政府提出"须将江户改名为东京"建议书，之后再由大久保利通正式向天皇提出建言。如此，明治天皇才于九月三日发布"江户自今日起改称东京府"诏令。

"东京"，于焉出世。

日后，北岛担任长崎县县长，明治十年（1877）因霍乱而病逝。

PART 1

明治新日本

脱胎换骨
新社会

首都东京

明治二十年（1887）起，日本政府开始着手全国各城市的近代化工程。其中，首都东京于明治十七年（1884）成为改造对象。明治二十一年（1888）时，东京是十五区制，但是，中心市区出现人口过密现象，表面看上去极为繁荣昌盛，背面却隐藏着众多下层阶级贫民，许多家庭都是一家数口住在仅有三坪①至六坪的出租房。

不但道路铺设还未齐全，煤气灯、上下水道设施的整备也都还未着手，因此政府不得不致力于城市的基础设施建设。再加上西洋文明的流入，自来水供水设施成为新首都整备的最重要一环。

---

① 一坪约 3.3 平方公尺。

江户时代的骏河町，三井吴服店。　葛饰北斋（1760？ −1849）画

首先，以人口150万为目标，聘请外国工程师规划工程。当时的人口，商人及庶民的低洼地区"下町"约102.5万人，官员及武士阶级居住的高台地区"山手"约35万人。

拉长自来水管，改良了自来水供水问题后，井水用户减少了。却因为城市规模不断膨胀扩展，自来水使用量也随之增加，导致旱天和夏季时，高台的山手地区经常发生缺水问题。

明治二〇年代，出现了电灯，并由于国产电灯泡试制成功，电灯逐渐普及于民间。但因为当时的电费很贵，许多澡堂和寄宿出租房依旧使用油灯，东京离"夜不眠城"仍有一段距离。直至明治三〇年代，电气化才开始真正普及，电车出现，替换了之前的有轨公共马车。

东京人口急剧增加，明治二十一年（1888）约129万，二十八年（1895）约130万，之后的十年，竟然骤增至230万。当时的人戏称："以为是'花城'，挨近一看，原来是'荆棘树林'。"

如此，地方城市的人逐渐往东京聚集，结果，商人、艺匠和各种工人居住的地区，也就是低洼地区的"下町"，与官员和上班族居住的高台地区"山手"，两者的差异逐渐清晰起来。不但语言、风俗，甚至连生活感情、市民意识等均产生很大的文化差异。宛如居住在同一城市的两种不同种族群体。

简单说来，高台地区的"山手"，原为江户时代诸国大名的

明治初期的骏河町，三井银行。

明治十三年（1880） 第三代歌川广重（1842-1894）画

豪宅地区，而低洼的"下町"则为一般庶民的狭长出租房地区。但是，年号改为明治以后，高台的"山手"变成新政府官员的居住区。

对在东京土生土长的江户仔来说，这些新政府官员本来是乡巴佬大名或武士，只因德川将军这方打败了，可恶的粗野武士才纷纷搬来东京，大摇大摆地住在被赶走的旧大名豪宅里。也就是说，下町人视山手居民为敌，彼此看不顺眼也是人之常情。就连妻子的称呼也不一样。

山手人称自己的妻子为"吾妻""细君"，称呼别人的妻子为"奥样"（太太）；下町人称自己的妻子为"我家孩子的娘"，称呼别人的妻子为"大娘""大婶"。"奥样"有教育、有文化，高雅、温和、谦虚，绝对不会大声说话或哈哈大笑；"大娘"的教育程度顶多小学毕业，动作粗野，多嘴多舌，爱管闲事。换句话说，两者是阴阳对比。这种"山手人"和"下町人"的区别，一直持续至昭和时代。

简而言之，就是地域性的风气使然。无论一百多年前的明治时代或二十多年前的昭和时代，东京始终分成阴阳两半。

一世一元制

"明治"年号时代持续了四十五年，而"昭和"年号时代更长达六十多年。再来看看江户末期的六十年之间，德川幕府到底换了多少年号？

若按旧时代的顺序来看，文化、文政、天保、弘化、嘉永、安政、万延、文久、元治、庆应等，真会令人眼花缭乱，难怪很多现代学生都不喜欢背历史年号。

那么，当时的老百姓到底如何记住年号呢？他们不会混淆不清吗？

江户时代，名目上制定年号的权限是朝廷。在此之前，天皇即位的改元早已杜绝，17世纪中旬的正保年间才又恢复，而且是幕府决定的。之后，每逢新天皇即位时便会改元。

但是，幕府不仅在天皇即位时改元，逢喜事或遇凶事时也让朝廷改元。特别是后半期，幕府力量减弱，几乎每隔四五年改一次，甚至有仅维持一年的年号，例如万延、元治。

站在老百姓的立场来看，去年是"万延元年"，今年又改为"元治元年"，叫人如何记住呢？原来老百姓根本不使用正式年号。即便幕府或朝廷改多少次年号，对老百姓来说也无关痛痒，甚至没有必要记住。

老百姓的"年号"是天干地支，组合十天干与十二地支，一循环刚好六十年。第六十一年就是花甲。按当时的平均寿命来看，能活到花甲就该谢天谢地，因此用天干地支数算或记住自己一生中的大事，不但绰绰有余，也不会混乱。

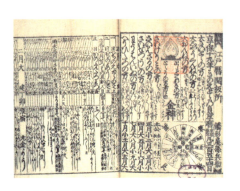

江户时代的月历　享保十九年（1734）

"明治"的改元是庆应四年（1868）九月八日，天皇从几个候选名单中抽签而定，结果抽中了"明治"。既然是天皇亲自抽中"明治"，那就是天意，上天指定的年号。

在这之前，年号都是幕府擅自决定，日后再向朝廷提出事务报告。但维新后，新政府中心人物不但让天皇决定年号，还借助"天意"让天皇抽签，由此也可看出他们欲改革国家的强烈信念。而且，还让太政官公布"从今以后均为一世一元制"，这和之前幕府每逢吉凶事就改元的时代，明显划清了一条界限。

明治二十二年（1889）制定《大日本帝国宪法》时，也制定了《皇室典范》，其中正包含了"一世一元制"这条规定，因此才会有明治、大正、昭和、平成这四个年号。若天皇驾崩，年号便成为该天皇的谥号，如"明治天皇""大正天皇""昭和天皇"。

自从第九十六代天皇后醍醐天皇（1288–1339）于1333年亲政以来（史称"建武新政"），明治时代是久违五百多年的天皇亲政。对当时的老百姓来说，天皇的存在感极为薄弱，"一世一元制"不但能增强天皇的存在感，也能改变至今为止用天干地支数算年号的旧习，一举两得。

现代一般日本人通常不会说错这四个年号，连自己的生年或亲朋的卒年也都用年号，鲜少人用公历。但明治之前的年号，则必须查字典才能明白到底是什么时代的公历的哪一年。

推销天皇的苦心

将近三百年的德川幕府即将闭幕时，日本全国各地武装起义事件频发，但是，德川幕府的统治岁月太久，老百姓很难接受改朝换代的现实。举例来说，由于黄瓜的切痕与德川家的三叶葵家徽相似，某些老一代的江户人甚至不敢吃黄瓜。

另一方面，现代的日本全国各地都能看到明治天皇巡幸的纪念石碑。其实这些纪念石碑正是新政府苦心推销明治天皇的存在之证据，亦是天皇制现代国家观念如何逐步在老百姓之间扎根的路径。

据说直至明治八年（1875），仍有老百姓称呼天皇为"天公""禁公"，因为在江户时代，天皇的称呼是"天子"，皇居

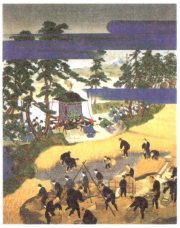

左/《东京御著辇》，明治元年（1868）十月十三日皇居二重桥。　小堀鞆音（1864-1931）画　明治神宫圣德纪念绘画馆藏

右/《农民收获御览》，明治元年（1868）九月二十七日尾张国（爱知县）热田。　森村宜稻（1872-1938）画　明治神宫圣德纪念绘画馆藏

是"禁裏""禁内"。光看称呼，现代人可能会误以为当时的老百姓极为尊崇天皇，然而，换个角度来看，恰好说明了当时的天皇与老百姓之间的距离。

　　江户时代的老百姓的真正统治者是各地藩主，而各地藩主的真正统治者是德川幕府。对老百姓来说，"天公"是遥不可及的存在，"禁裏"更是天远地隔，恐怕只有土生土长的京都人才会具体意识到天皇并非乌有人物。

　　明治八年（1875），征兵令、学校制度的教育法令都已经颁布，近代国家制度大致成形，但是，新政府还未统一"国民"。

说穿了，当时的老百姓根本不明白"国民"到底是啥玩意儿。

新政府的要人当然深知此事。只是，该如何"推销"天皇，如何呼吁老百姓，新的统治者是京都那位"天子"，而非任何藩主或其他幕府呢？

首先在明治元年十月，天皇进江户城时来个盛装游行。

明治天皇从京都出发，直至江户，一路上的随从多达2300人；进江户城时，还分发下酒菜给老百姓当红包。江户市民则在街道表演花车、摆放摊位，宛如现代的嘉年华会或大型庙会。

也就是说，新政府将一场本来应该威风凛凛、庄严进行的仪式，改头换面为让老百姓也能尽情享乐的狂欢节。表演花车、摆放摊位等，于事前就已经安排妥当。

真不愧是推翻德川幕府的人，这完全是心理战嘛。

而且，明治天皇从京都出发直至抵达江户这一个月的旅程，不但沿途奖赏各地的孝子、节妇，还施与财物给七十岁以上的老人和内乱受灾者。江户时代的德川幕府正是以这种方式施仁政，新政府也仿照旧习。

据说，盛装游行和进城费用花掉政府岁入的20%。之所以不惜投下巨资，目的全在给老百姓留下"主人交替"的深刻印象。

明治五年至十八年（1872–1885）期间，天皇巡幸了全国各地。巡幸之际，民众挤在路边观看，有人特地小心翼翼地收集天皇下马徒步时踏过的土壤。

因为老百姓认为天皇踏过的土壤是"圣土"，可以医治百病。但是，这些都是在巡幸前预先筹划的演出，是利用老百姓注重世间利益的心理，巧妙地向民众灌输"新君主"的形象，顺便神化天皇地位，算是一种洗脑式教育宣传。

明治九年（1876），天皇巡幸东北地方时，新政府还特地让迎接的农民打扮得干干净净，村落四处都有手持太阳旗欢迎的儿童。这也是意图将太阳旗与农民信仰的太阳神，天皇与天照大神①结合起来的一种演出。

虽然新政府早在明治三年（1870）就公布日本船必须悬挂太阳旗，之后又成为陆军、海军的军舰旗，政府机关于节日也会悬挂太阳旗以示庆贺，但太阳旗（日本国旗）真正在老百姓之间扎根的契机正是上述的东北巡幸。

此外，至今为止的《君之代》因声誉不佳，也在这一年被废止。作曲者是当时任职英国驻日大使馆护卫队步兵营军乐队队长的约翰·威廉·芬顿②。明治十三年（1880），再度由宫内省式部职雅乐课一等伶人（乐师长）林广守③撰定《君之代》。

简单说来，当时的太阳旗和《君之代》都是推销新政权的大招牌。真正以"国旗""国歌"形象渗透至国民之间，则要等到

① 女神，今日本天皇的始祖，也是神道最高神祇，日本民族的总氏神。

② 约翰·威廉·芬顿（John William Fenton，1831-1890），爱尔兰出生的英国军乐队员。

③ 林广守（1831-1896），幕末、明治前期的雅乐演奏者。

日清、日俄战争时。

太阳历与国民假日

明治政府将明治五年（1872）十二月三日定为明治六年一月一日，从这天起，日本便开始使用太阳历。公布时期是前一个月的十一月九日，老百姓当然会乱成一团。明明仍是十二月三日，突然变成新年的元月一日。对老百姓来说，收入减少一个月份，年末的支出却提早一个月。报纸甚至报道，有些老人家以为必须在两天内做完一个月份的工作而唉声叹气。

新政府为何在明治五年采用太阳历呢？

按江户时代的惯例，工资都是一年领一次年薪，政府却在明治四年废弃旧习，改为月薪。恰巧第二年是阴历闰年，多出一个月。当时的大藏省（财务省）为了节省多出一个月份的公务员薪俸，于是想出这个办法扣掉因闰年而多出来的一个月。这是当时任职大藏大臣的大隈重信①亲口说的，应该是事实。

阴历改为阳历后，变成一星期有七天的七曜制，第七天的星期日是休息日。并且以宫中的祭祀节日为基准，制定了国民假日。江户时代的假日，除了让员工消除疲劳，也是祭拜祖先的

① 大隈重信（1838-1922），佐贺县人。第八、十七任日本内阁总理大臣，第三十、三十二任内务大臣，贵族院议员。早稻田大学创校者。侯爵爵位。

日子。而新政府制定的国民假日，目的则是让天皇的存在渗透于民间。

　　江户时代的幕府国定假日是人日（一月七日人日节）、上巳（三月三日女儿节）、端午（五月五日端午节）、七夕（七月七日七巧节）、重阳（九月九日菊花节），以及八月一日的八朔。

　　八月一日是德川家康进江户城的日子，江户幕府将这天定为仅次于新年元日的喜日。不过，对江户庶民来说，八朔也是祈愿五谷丰稔、子孙满堂的日子，顺便在这天送礼给平素深受关照的人。此外，春分、秋分亦是祭祀祖先的重要日子。这些都是基于老百姓的劳动观念及信仰而深入民间底层的假日。

左 / 明治六年太阳历　国立天文台图书室藏
右 / 明治六年太阳历　国立天文台图书室藏

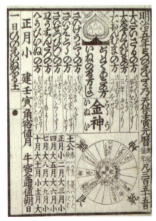

阳历的明治六年一月四日，新政府又公布废止旧有的五节日和八朔，并以一月二十九日"神武天皇即位日"、十一月三日"天长节"（天皇生日）为新假日。同年十月，又制定一月三日元始节、一月五日新年宴会、一月三十日孝明天皇节，而之前的一月二十九日"神武天皇即位日"则改为二月十一日纪元节。另有四月三日（本来是三月十一日）的神武天皇节、九月十七日（明治十二年又改为十月十七日）神尝祭为国定假日。

　　全部都是天皇宫中的例行公事。

　　明治十一年（1878）又增添春季皇灵祭（春分）、秋季皇灵祭（秋分）、一月一日的"四方节"①。春分、秋分本来是老百姓祭祀祖先的节日，新政府却将此民俗信仰和天皇的祖灵结合起来。

　　总之，新政府为了让"天子"改头换面为统治者的"天皇陛下"，为了刷新已经习惯崇敬"公方"（幕府将军）的老百姓旧有观念，确实绞尽了脑汁。如此，这些国定假日和节日通过神社、政府机关、学校，逐步地渗入民间。

　　据说，大正时代时，由于大正天皇的生日是八月三十一日，正是炎炎夏日，不知是谁出的鬼主意，认为天气太热对"天长节"有碍，竟然改为比较凉快的十月三十一日。

---

① 即现在的"四方拜"，宫中一年最初的仪式。

华族制度

江户幕府最后一位将军，德川庆喜（1837–1913）将政权归还朝廷（大政奉还）后，诞生了明治政府。但是，各藩治理的领土以及当地的老百姓依旧归藩主所有。之后，藩主将领土（版）和人民（户籍）归还天皇，正是日本历史名词中的"版籍奉还"。

明治二年（1869）六月实施"版籍奉还"，藩主成为新政府官员（知藩事），也被允许治理原有的版图。此外，藩主和朝廷公卿一样，都被赋予特殊的"华族"身份地位。"华族"即"贵族"。当时的华族数有427家。

然而，明治四年（1871）七月，新政府又实施了"废藩置县"政策，各个"藩"国均改为"县"。而且，新政府为了防御旧藩主纠众兵变，不但撤销旧藩主的"知藩事"职任，并规定所有旧藩主都必须定居东京。

六年后的明治十年十月，专门让华族家的孩子们接受特殊教育的华族学校于东京神田锦町竣工，地皮是天皇给予的，也就是现在的学习院。隆重举行盛大的开学典礼那天，天皇和皇后都出席了。天皇当场授予"学习院"称号。课程是小学八年，中学八年，第一届入学的孩子总计130名。

学校是潇洒的西式建筑，铁制正门气势宏伟。

开学三个月前，七月一日的《朝野新闻》①在报纸上描述：

"富丽堂皇的铁制正门花费三千日元，本以为是外国制的，不料竟是国产品，负责制造的是埼玉县川口市的工厂。"

看到这则新闻报道的俄罗斯大使，首次明白原来日本也有能制作如此精美工艺的工厂，于是取消巴黎某工厂的订单，再度委托埼玉县川口市那家工厂制作俄罗斯公使馆正门。

明治十七年（1884）七月颁布"华族令"后，华族制度有了很大变化。不仅原来的朝臣以及大名，只要对国家有功，任何人都能晋升为华族。为了明确区别其地位，华族制度分为公、侯、伯、子、男爵五等级。身份是世袭制，子孙也能继承，职责是保护皇室。

公爵、侯爵是旧朝臣和大名，新添加的伯爵、子爵、男爵则为建立明治政府有功者。之后，连军人、高级官僚、商人等也成为华族，尤其甲午战争之后，政府更胡乱颁授爵位，令花店赚了不少钱。

明治二十二年（1889）十月一日的《东京日日新闻》报道，皇太子宽仁亲王（日后的大正天皇），将于十月五日进学习院上学。对此，学校方面以及某些华族人士提议应该提供一个特殊座位，但据说，传达天皇意志的宫内厅表示，如此这样的话，在教育上对皇太子不好，于是一切依照旧例，并不因为对方是皇太子

---

① 《朝野新闻》是明治七年至二十六年（1874-1893）于东京发行的民权派政论报刊。

上 / 《废藩置县》，明治四年（1871）七月十四日，紫宸殿代大广间（皇居）。　小堀鞆音（1864–1931）画　明治神宫圣德纪念绘画馆藏

下 / 华族学校正门，现在是学习院女子大学正门，重要文化遗产。　Wiiii 摄

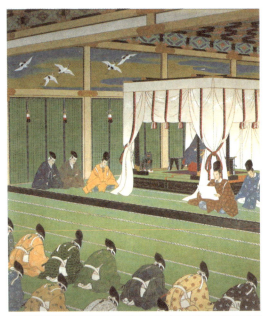

身份而给予任何特殊待遇。

自此开始，直至今日，天皇家的孩子、皇族的孩子进学习院上学便成为一种惯例。二次大战后的昭和二十二年（1947）施行《日本国宪法》，华族制度才被废除。

书生风俗

东京成为新的政治文化中心之后，地方城市的青年也争先恐后怀着青云之志进京。

萨摩藩（鹿儿岛县）、长州藩（山口县）、土佐藩（高知县）、肥前藩（佐贺县、长崎县一部）出身的青年，大多会利用各种门路与已经登上显赫高官职位的前辈攀关系。明治新政府的中心人物正是这四藩的人，因而这四藩出身的青年可以仰赖乡亲关系挤进政界官场。其他藩国以及东北地方的青年，由于藩主和前辈错过了维新之功，进京后，只能寻求以技能出人头地之途。

大批来自四面八方的地方城市青年拥进东京的结果，便形成了一种特殊文化风俗，正是日本历史名词之一的"书生风俗"。

为了接纳这些地方青年，东京出现了许多学生宿舍或让学生寄宿的人家。本乡和神田聚集着各种学校，这些青年多半住在学校附近。

家庭经济不好但肯上进的青年，运气好的话，可以寄宿在官

坪内逍遥（1859–1935）的小说《当世书生气质》中的插画

员或富商家里，主人提供学费和吃住，让青年一面求学一面帮忙
做家事及杂事。用现代话形容，主人算是一种慈善家或赞助者，
有些"书生"甚至可以出国留学。

论素质，论学力，当时的"书生"和现代的大学生均有天壤
之别。他们可以说是走在时代最尖端的精英。

举例来说，明治二十年（1887）的东京帝国大学的地方出身
学生，法学系占79%，医学系占84%，文学系占75%。这些精英
正是日后左右日本国家去向的政府官僚。

只是，像东京这种大都市，虽然具有让年轻人登龙的可能

性，但同时也隐藏着各种强烈刺激官能的陷阱。这点在现代也一样，从地方城市进京的年轻人，若缺乏坚毅的大志，恐怕会宛如跌入一座大迷宫，晕头转向地在原地转圈子。

西餐、肉食普及之后，率先享受流行的人正是这些"书生"。在吃茶店边喝咖啡边阅读的风气也是这些"书生"带头造成。此外，东京更是日本全国的言论机关核心，年轻人可以自由发表言论，甚至可以纠众组党起事。

"书生风俗"一直持续至昭和时代初期。战前，日本有不少富裕人家都有让"书生"寄宿的"书生房"。

当时的"书生"很容易辨认，通常在开襟传统和服里又穿一件立领白衬衫，下半身配一件下裳的"袴"，脚上是一双高齿木屐，走起路来铿锵铿锵作响。如果怀中再抱着几本洋书，那真是会迷煞许多情窦初开的少女。

明治时代的
婚姻内情

公然的一夫多妻制

通过明治维新，日本对世界打开了窗口，以近代化为目标，性急地一往直前。然而，急剧的近代化底层仍然堆砌着旧俗道德观。

江户时代的武士门第，为了传宗接代，采取一夫多妻制，允许男子纳妾，当作妊娠后备军。明治政府也承袭了此家族道德观，明治三年（1870）制定的刑法法典《新律纲领》五亲等图中，妻子和小妾均属同等的二亲等（隔代直系亲属或同代非直系亲属）。

新法律本来是取代旧律令的近代化公法，才会取名为"新律"，另一方却又理所当然地接纳了一夫多妻制陋习。社会更倾向拥有小妾的男人才是有能者的潮流，"妾"成为男人夸示权力

明治时代的化妆女性
大约拍摄于 1860-1900　摄影者不详

与财富的标签。有些男人故意让爱妾精心打扮，乘着马车在市内
兜风以引人注目；有些男人则以三房四妾为傲，盖了许多别墅，
让每名爱妾各别住在园林别馆。

　　因此，明治时代的高官都是一夫多妻制实践者，最有名的
"渔色大师"是历任四次首相的明治维新元老伊藤博文[1]，每年
更换女人，而且特别喜欢未满二十岁的年轻女孩。

　　第四、第六任首相的松方正义[2]亦拥有二十数名爱妾，孩子

①　伊藤博文（1841-1909），山口县人。明治维新元老，第一、五、七、十任日本
内阁总理大臣，第一届贵族院议长，第一任朝鲜统监。公爵爵位。
②　松方正义（1835-1924），政治家、财政改革家，日本内阁总理大臣。公爵爵位。

多达二十六个。有一次，明治天皇问他到底有几个孩子，他当下答不出，只能回说"日后经调查再上奏"。松方正义因孩子太多，考虑到世间体面，据说晚年的孩子全都申报为"孙子"。

此外，这些高官的妻妾大部分均采用同居方式。

伊藤博文的妻子梅子，住在神奈川县南部的大矶，别墅名为"沧浪阁"①。尽管丈夫不停带新女人过来，她也不发任何怨言，不动声色地以女主人身份照顾这些侧室。伊藤博文的左右手伊东巳代治②的妻子八重子，甚至将侧室生的孩子视为亲生孩子，毫无区别地一起养大。

当时的世间人极力赞扬这些妻子，传为尽人皆知的美谈。

一夫一妻制的确立

某些有识之士认为日本若想和先进国家并肩而行，终究还是不能让纳妾制度存续。

思想家、教育家，亦是日本著名私立大学庆应义塾大学的创立者福泽谕吉，在其着书《劝学》（1872–1876）第八篇中，不但强调"生于这世间的所有人，男人是人，女人也是人"，谴责一夫多妻制及拥有爱妾的男人，并炮轰"妻妾同居"等同于"家

---

① 名字取自《沧浪歌》："沧浪之水清兮，可以濯我缨；沧浪之水浊兮，可以濯我足。"
② 伊东巳代治（1857–1934），官僚、政治家。伯爵爵位。

畜小房"。

　　日本现代教育的先驱及首任文部大臣，亦是"日本现代教育之父"的森有礼[1]，也在《明六杂志》连载了四回《妻妾论》。

　　森有礼在《妻妾论》中大肆抨击日本的夫妇不是真正的夫妇，丈夫是主人，妻子是奴隶，当丈夫的除了妻子以外还纳一妾或数妾，又明言："妻妾同居有违人伦大道，不合人性。"此外，森有礼将日本夫妇关系之所以如此紊乱，之所以变得有名无实的原因归咎于法律制度，并提出自己拟定的"婚期律案"试行法。

　　"婚期律案"的内容是，只要男子超过二十五岁、女子超过二十岁，都可以各自依照自己的意志结婚；结婚时，需要婚姻当事者双方的同意，用威逼进行的婚姻无效。

　　明治时代的婚姻观念仍是门户与门户之间的联婚制度。也就是说，婚姻对象都由父母决定，有时直至婚礼当天，婚姻当事者双方连见面的机会也没有。

　　"婚期律案"亦严厉禁止重婚，并声明，妻子受到不当待遇或丈夫明显不贞时，妻子也可以主动提出离婚要求。离婚成立时，妻子可以请求赔偿费。但是，对男人来说，一夫多妻制与重婚制（当时非常多）是一种可以公然享乐的合法手段，不可能因

---

① 森有礼（1847-1889），鹿儿岛县人。第一任文部大臣，一桥大学创校者，明治时六大教育家之一。子爵爵位。

有识之士提出异议而废止。

也因此，福泽谕吉在《明六杂志》中主张，即便无法立即废除此陋习，纳妾者也应该尽量隐藏爱妾的存在，应该先培养"纳妾是可耻之事"的观念。正因为福泽谕吉深知上流阶级的潮流，才会这么说。由此可见，在当时确实很难实施废除纳妾的法令。

所幸，这种野蛮风俗习惯对外国人不通用。明治政府当时的最大课题是消除不平等条约，政府要人必须不惜一切代价修订条约。为了向外国证明日本正在步向文明国家之途，最终不得不制定废除男子纳妾和妻妾同居的法令。如此，明治十一年（1878）开始准备新刑法，明治十三年（1880）宣告世人，明治十五年（1882）一月实施。

自此以后，"妾"这个前缀词在日本法律条例中被删除，一夫一妻制正式成立。

然而，新刑法完全是虚假招牌，没有登记户籍的"婚外婚"依旧盛行不衰。男性对纳妾之事本来就毫无罪恶感，制定新法令的男人怎么可能实际废除此制度呢？他们只是从"公然带着爱妾乘着马车在市内兜风"改为"金屋藏娇"而已。

对当时的女性来说，本质上的真正的一夫一妻制，仍是遥不可及的奢望。

福泽谕吉与森有礼的"女性观"

福泽谕吉的著作《劝学》，在当时可以说是空前的畅销书。他在书中铺陈的新思维与自由的空气，令大众拍手称快，也让女性体会到开放感。譬如福泽在该书第八篇中明言"生于这世间的所有人，男人是人，女人也是人"，这是日本女性首次被有识之士公认为"人"的例子。

福泽主张，只要生而为人，不问男女贵贱，均拥有自由与平等的权利。简单说来，就是今日的"天赋人权"思想，这种论点给当时的人带来强烈印象。福泽自己出生于下级武士家门，正因为亲身体验过各种歧视，他极度排斥封建社会的等级制度。

如此，福泽给明治时代的人带来一阵旋风，导致某些后人以为他终生都为了实现男女平等的理念而奋战，至今仍不时受吹捧并被美化。

然而，从女性史的角度来看，福泽的"天赋人权论"中，其实并不包括女性及某些人。福泽在《劝学》中论述，所有人都应该向学、积极接受教育，并追求个人的自由独立。而且，只要生而为人，人人皆具有此权利。

他主张，民众通过教育，可以除掉旧有的封建社会，有能力的人也能让自己自由独立：

"个人自由独立后的结果是门户独立，门户独立后的结果是国家独立，国家独立后的结果是天下独立。"

这是福泽的论旨。

所谓"天下独立"，意思是与西洋列强并肩而行，成为资本主义社会其中一员，晋身"大国"后，再仿效前辈各国获得殖民地。说白一点，这正是福泽鼓励民众向学的真正目的。

总之，福泽主张的"人人皆有接受教育的权利"中的"权利"，根底仍与"该如何让国家强大起来"的问题有关。他的"天赋人权论"也局限在此次元内。也因此，他在当时提倡的男女平等、婚姻自由等近代化思想，与我们现代女性目前正在享受的男女平等实境，其实仍有相当大的差距。

福泽谕吉在《日本妇人论》中，表明了他的理想女性形象是西式的贤妻良母，而且最好是"擅长家政"，亦即当时的英国上流阶级妇女形象。因此，他提倡的"男女平等"，并非鼓励女性外出工作，争取经济的独立。在他眼里，女性最终仍是守护家庭的存在，只不过在家庭内拥有至今为止没有的主妇权利而已。不过，福泽于婚前、婚后的女性经验始终只有妻子一人，这点倒是说到做到，值得赞赏。

我们再来看看"日本现代教育之父"森有礼的例子。

森有礼确实在《妻妾论》中大肆抨击当时的纳妾制度，并提倡婚姻自由、禁止男子重婚等，在当时算是思想极为先进的男士。他于明治八年（1875），在当时任职东京府知事的大久保一翁①及福泽谕吉的见证下，与广濑常完成契约结婚。据说这是日本最初的契约结婚例子。

合同书中第二条标明"认可夫妻双方的义务"，第三条则确立"夫妇的财产权"。表面上看来，森有礼可以说积极地以身作则实践了男女平等的口号。

然而，婚后十年，阿常竟然和其他男人私奔了。于是森有礼又于明治十八年（1885）与明治维新十杰之一的岩仓具视②的女儿宽子再婚。明治十八年正是内阁制度成立的年度，再婚不久的森有礼就任第一代文部大臣。他还未享受到新婚滋味，便不得不周游全国进行演说。

森有礼这个人是典型的形式主义、理想主义者，他每天的生活都过得井然有序，从早上醒来至夜晚就寝之前，凡事一丝不苟。例如晚餐是欧洲式的正式晚餐，必定穿戴打着蝴蝶领结的无尾晚礼服，在身边有厨师伺候的桌子吃西餐，并且强迫夫人也如此做。

然而，宽子夫人是朝廷公卿的女儿，生在京都、长在京都，无法适应这样的用餐方式。婚后，她一直很想吃一顿茶泡饭。一次丈夫必须出远门进行全国演说，对宽子夫人来说，正是偷吃茶

---

① 大久保一翁（1818-1888），幕府末期至明治时代的幕臣、政治家，东京府知事、元老院译官。"一翁"是隐居后的名字，隐居前，名为忠宽（Tada Hiro）。

② 岩仓具视（1825-1883），京都人。公卿、政治家、维新十杰之一。第二任外务卿。

泡饭的好机会。不料，厨师对她说：

"夫人，主人今天出门时特别嘱咐过，他不在家时，夫人可能会想吃茶泡饭，但茶泡饭对健康不好，绝对不可以做茶泡饭给夫人吃。主人还说，他不在时，三餐都必须如常进行。"

这正是当时主张男女平等、明治六大教育家之一、日本现代教育之父的"女性观"。

森有礼于庆应元年（1865）赴英国留学，之后又前往俄罗斯旅游，接着又到美国留学。明治三年（1870）成为第一任驻美国代理公使，明治六年（1873）回国后，开创明六社，在《明六杂志》发表《妻妾论》，大肆抨击日本的一夫多妻陋习，更批评日本的夫妻是"丈夫是主人，妻子是奴隶"。

连这种从事启蒙运动的先进知识分子都这样对待妻子了，遑论其他下层阶级的老百姓？

既然妻子连吃一顿茶泡饭的自由都没有，这还算什么签订合同的"契约结婚"？算什么"男女平等"呢？

难怪第一任夫人的阿常会同其他男人私奔。

近代恋爱的萌芽

自古以来，日本便有"恋"这个字，但没有"恋爱"这个名词。"恋爱"（Romantic Love）的观念是随着其他西洋观念传入

明治时代的女性　日下部兵卫（1841-1934）摄

日本，再由某些文人翻译成汉字的"恋爱"。往昔的中国则称之为"儿女私情"。

明治时代之前，日本虽然没有"恋爱"这个名词，但并非表示男女之间也没有恋爱这种情绪。

古籍《万叶集》《源氏物语》，以及江户时代的人形净瑠璃作家井原西鹤①，或歌舞伎作者近松门左卫门②等人的作品中，便有许多男女恋爱事例。只是，这些自由恋爱的事例，通常被描写为有违社会道德和社会秩序的特殊事件，而且是一种在人生中的异常心理。

"恋爱"确实是极为强烈的私人感情，不但会令人失去理智，也会令人昏头晕脑，甚至不惜牺牲自己的性命。当时的人视"恋爱"为一种异常心理，也并非毫无道理。明治时代的评论家、浪漫主义诗人北村透谷③，正是针对视"恋爱"为违反社会道德的旧观念挑战。

"恋爱是人生的密钥，有恋爱才有人生，除去了恋爱，人生还有何色味可言？"（出自《厌世诗家与女性》一文）

这篇文章刊登在明治二十五年（1892）二月号的《女学杂

---

① 井原西鹤（1642-1693），江户时代的浮世草子、人形净瑠璃的作者以及俳人，被誉为"日本近代文学大师"。

② 近松门左卫门（1653-1725），日本江户时代前期的剧作家，人形净琉璃、歌舞伎的作者。

③ 北村透谷（1868-1894），日本浪漫主义诗人。

志》，在当时的青年之间掀起极大反响。北村透谷将"恋爱"形容为一把"解开人生秘密的钥匙"，褒赞恋爱可以提升人活在这世上的意义与价值。

明治二〇年代，正是士族叛乱、自由民权运动等受挫的时代，国家主义者呼吁"老百姓必须具有肩负近代国家之未来的'国民'意识"。简单说来，就是直至明治二〇年代，"国民"的观念还未普及于一般大众。另一方面，青年层则开始认识并领悟何谓"自我的尊严"与"自由"的意义，他们想追求近代的新生活方式，因而出现许多参与文学及社会改革运动的年轻人。

然而，挡在这些刚觉醒的"自我"面前的障碍物，正是日本古来的"门户制度"。

日本小说家，亦是著名的思想家、评论家德富芦花①，于明治三十一年（1898）十一月至三十二年（1899）五月，在《国民新闻》连载的畅销小说《不如归》，就某种意义来说，正是反映了当时的日本人无法脱离"门户制度"，让新婚夫妻重组小家庭的社会制度。小说内容主要描写相思相爱的主人公武男和浪子，被婆婆硬性拆散的事例。

另一位日本著名小说家有岛武郎②写的佳作《某个女人》，是现实生活中实际发生的例子。小说的女主人公是日本小说家、

---

① 德富芦花（1868-1927），熊本县人。小说家。

② 有岛武郎（1878-1923），小说家。

诗人国木田独步①的第一任妻子佐佐城信子。

国木田独步和佐佐城信子彼此热烈相爱，不顾父母及世间人的反对，以私奔形式毅然地结了婚。结果，婚姻生活仅维持五个月，信子即离家出走。当时的信子身怀六甲，却瞒着此事与国木田独步离婚。对于这件事，世间人均单方面地批评信子，指责信子是个任性、自私的贱货。国木田独步过世后被公开的日记中，详细记述了他与佐佐城信子的热恋过程以及信子离家出走的原因。

原来信子怀有想当女记者的梦想，但丈夫独步不但阻止她追求人生梦想，又因为文人赚不了多少钱，实际的生活相当穷困潦倒。这桩婚事完全是独步单方面的错，不但于婚前欺骗了信子，婚后还禁止信子外出，对所有支出极为啰唆，连一分钱、一厘钱都管得非常严。

以现代人的眼光来看，信子离家出走是正确选择。阅读国木田独步的日记，多少可以理解明治时代的男人到底有多自私且霸道的状态。

总之，当时的自由恋爱和恋爱结婚事例，通常因斗不过根深蒂固的"门户制度"而受挫，要不然就是因男性单方面的蛮横理论而夭折。由女性启开爱情之窗的主导权仍远在天边。

---

① 国木田独步（1871-1908），小说家、诗人。

丈夫管理妻子的财产

明治三十一年（1898）施行的民法典，不但让"门户制度"复活，且比之前更牢固地压迫着个人生活，婚姻亦是"门户"与"门户"之间的联姻。被父母强迫嫁出去的女性，往往过着奴隶般的生活，在家务和育儿、服侍丈夫及公婆的琐事中，空虚地结束类似无薪工的一生。

根据明治民法，所有日本国民均必须从属于特定的"门户"，而且户主拥有强大的"户主权"。无论婚姻或过嗣、入赘、移居等，都必须经过户主允许，完全无视个人的意志。长子是法定推定户主继承人，在家庭内同样拥有特别权威。

已婚女性被贬至必须绝对服从丈夫的地位，还有一条"丈夫管理妻子的财产"法令。所谓管理，意思是丈夫有权随意处理妻子的财产，妻子不但无权拥有自己的财产，所有经济行为都要经过丈夫同意。也就是说，无论已婚或未婚，"女性"对明治政府来说都是无能之辈。

不仅如此，连丈夫去世后，也由儿子继承一切遗产，妻子仍旧没有一丝钱财，只能成为仰赖户主（儿子）扶养的身份。如果膝下没有孩子，则由直系尊亲（丈夫的父母）继承遗产。若没有儿子，但有女儿，就让女儿招赘，让女婿继承遗产。另有一条法令规定，假如正室只有女儿，但侧室那边有儿子，那么，丈夫的所有财产都归侧室的儿子继承。

　　理解了上述这些明治时代的民法，再去阅读夏目漱石[①]的《虞美人草》，便能明白夏目漱石在小说中到底想表达什么。

　　总而言之，大多数的明治时代女性都没有选择婚姻伴侣的自由，只能遵循户主（父亲或哥哥、弟弟）的指示，嫁给一个从未见过面的男人。虽然当时也有相亲这个手段，但是，相亲只是结婚的必要手续之一，只要相了亲，通常无法谢绝亲事。

　　女性一旦结婚成为某人的妻子，只能在这种父权体制、户主统治的制度下，放弃自己决定自我人生的权利，一切以丈夫的生活为基准，迎合并适应夫家。

军人的结婚许可制

　　一心朝富国强兵埋头猛进的明治政府，用暧昧的"内部规则"这个名称，承袭了德川幕府的武士婚姻许可制。只要把"武士"换为"将校"，恰恰是江户时代的幕府法令，而且明治政府的规则比幕府的形式上的制度更严格。也就是说，将校想结婚时，必须向上级报告，并申请正式的批准文件。

　　将校提交婚姻对象的数据给军部人事局后，宪兵会彻底调查女方是否适合当军人的妻子。家族、亲戚、双亲是否建在、父亲

---

① 夏目漱石（1867-1916），作家、评论家、英文学者。

的职业、兄弟姊妹的动向、家族的财产、当事人的交友关系等，各方面都会查得一清二楚。只要稍微有可疑之处，上级便会命申报者延缓婚期。倘若女方曾当过艺伎或其他鄙贱职业、家庭经济穷困、单亲家庭等，统统否决。因为在上述环境中成长的女子没有资格当"帝国军人的妻子"。

为何要如此执拗地调查呢？

首要目的是调查女方以及周边人的思想倾向，其次是经济状态。

明治时代的军人只能死在战场，军人的妻子终归会成为寡妇。到时候，要是军人遗孀的生活过得不好，会影响现任军官的士气。事实上，军官收入微薄，无法养活一户家庭，大部分人都仰赖妻子娘家的经济援助。既然如此，出身好，家庭经济也宽裕的大家闺秀，为何甘愿嫁给穷汉军官呢？

别忘了，当时的女性根本无权选择自己的婚姻对象，都是"户主"指定要选谁做女婿。

按当时的惯例，女方娘家通常会保证十至二十年的经济援助，但男方也必须在这期间苦干实干，一步一步加官进禄才行。否则岳父一声"休夫"令下，男方不但会落人笑柄，也会失去经济上的保障。再者，当时是富国强兵时代，女婿是帝国军人这件事，就足以让岳父走起路来一摇三摆。

上 / 明治二十五年（1892）的石版画

下 / 明治时代的农村女孩

明治时代的离婚

江户时代，通常是丈夫单方面的无限制专制离婚，妻子无权要求离婚。但是，明治六年（1873）五月，立法府（国会）宣布赋予妻子要求离婚的权利。

只是，妻子要求离婚时需要父兄陪同出席，由这点也可看出明治政府于各方面都在加强父权体制。实际上，妻子基于经济性理由，也很难主动提出离婚，但在法律上，妻子总算有权要求离婚，对女性来说，算是往前跨出了一步。

那么，明治时代的离婚统计数据到底有多少呢？

日本是明治十五年（1882）开始实施离婚统计。根据记录，十五年至三十年为止的期间，平均每三对夫妻中，就有一对离异。由于离婚件数太多，离婚在当时似乎被视为是理所当然的事，完全不成话题。因为几乎都是"休妻"例子。

明治二十年（1887）左右，《女学杂志》曾针对离婚问题刊载了数回文章。文章中提及：

"婚姻是人生中最重要的事，但现代人的婚姻犹如主人（丈夫）雇女佣（妻子），女佣也怀着前往夫家当婢女的决心与丈夫结缘，这样的婚姻形态令人喟然而叹。离婚习惯已经成为我国的正常风俗，众人见怪不怪，诚可悲也！"

这段文字正说明了当时的婚姻本质。不过，根据当时的统计，离婚件数大多集中在东北五县和新潟、山梨、静冈、鸟取、岛根等县。

主要原因是农村、渔村等地区，婚姻习惯仍停留在江户时代的暴力离婚做法，娶媳妇的目的是为了获得劳动力以及有权继承户主的后裔（男子），倘若妻子的行为不合夫家门风或生不出儿子，夫家的公婆甚至自己的丈夫便会随时休妻改娶。

明治三十一年（1898）实施了民法，规定男女结婚和离婚都必须向政府申报，离婚率也随之减半。但是，离婚率减半并非意味离婚的人减少了，而是"事实婚"（普通法婚姻）增多。也就是说，许多人都选择虽然没有合法登记婚姻，但有婚姻之实的婚姻方式。

"日本的新娘"
事件

奇妙的事件

明治时代中期，日本发生了一起轰动全国的奇妙案件，名为
"日本的新娘"。日本有位牧师因在美国出版了一本批判日本家
族制度的书籍，最后被剥夺了神职工作。

简要说来，就是有一位名为田村直臣的牧师，于明治二十五
年（1892）写了一本名为《日本的新娘》（*The Japanese Bride*）
一书，在美国出版。内容是日本女人的婚姻实情。

田村牧师为何要这样做呢？

因为英国新闻记者兼游记作家、诗人、东洋学者、日本研究
家的埃德温·阿诺德爵士（Sir Edwin Arnold，1832–1904），把
日本妇女描述得过于理想化，给美国国民带来很大影响。美国方
面认为，既然日本已经如此文明化，往后就没有必要继续在日本

左 / 明治二十九年（1896）的新娘子　扬洲周延（1838–1912）画
右 / 日本新娘

传道。

　　田村牧师担忧外国传教士到日本传道的风潮会随之减弱，认为阿诺德爵士没有认清事实，只看到表面，过于美化日本女性，于是决心执笔暴露真相。他在书中坦白叙述了日本的未婚女子完全没有选择配偶的自由，所有女子都是奉父亲或养护权者的哥哥之命被迫出嫁。

　　田村牧师是生在日本、长在日本的纯粹日本人，当然深知日本的风俗习惯，书中所描述的内容都是事实。但是，这本书传到日本后，转瞬间便让整个社会沸沸扬扬，所有媒体均指责田村牧师如此做是一种国耻。

大部分的愤怒与反驳意见都来自有识之士阶级。因为当时的有识之士阶级正是父权体制、户主统治制度的支持者。不过，他们也明白田村牧师写的均是事实，更深知日本女子毫无择偶自由的根源正是户主统治制度。

明治时代的女性 小川一真（1860-1929）摄

只是，既然在原则上，婚姻是"门户"与"门户"之间的大事，当然不能承认个人的自由意志，也就不得不行使父权及户主的权力。只有户主圆满地维持家庭内的秩序，才能确立社会的秩序。这正是当时的上流阶层的观念。

不过，他们也明白此道理在外国不通用。在外国人眼里看来，这种风俗习惯可能会被误解为一种"野蛮的风俗"、"未开化的习俗"，因此上流阶层的男士始终尽可能避免让外国人触及此问题。

然而，田村直臣不仅正面挑出了此问题，还出版成书，恰似对美国国民诉说日本人是个多么未开化的民族那般。这对日本国内的知识分子以及上流阶层男士来说，是一种严重的羞辱，绝对不能饶恕。

对田村牧师的惩罚

明治二十五年（1892），日本基督教会终于在东京召开大会，处罚了田村直臣，剥夺了他的牧师工作。如此，引起世间争议，闹了一年半的事件算是有个了结。

但是，在这届大会中，有不少外国人牧师认为这是一种迫害，高声反对田村牧师的处罚。有人表示，在欧洲和美国都没有这样的审判，也有人抗议，只因出了一本书就被剥夺职位的话，实在没有必要成为大会会员。

只是，大多数的日本人牧师都投票赞成处罚，最终还是被表决了。

那么，针对这些外国人牧师的发言，日本社会到底做何反应呢？

这可以从明治二十七年（1894）七月十四日第三八八号的《女学杂志》社论《日本的新娘作者》看出一些端倪：

总体而言，对于这类外国人的发言，基于个人的自由，虽然没有必要防止，但假如他们的发言内容也表现在实际言行中，那就有必要提出异议。毕竟他们不是在外国传道，而是在日本帝国内传道。倘若传道也是一种教育行为，身为牧师的人应该鉴于该国家的历史、习惯、人情、风气等，忠实并谦逊地考察该如何应用于传道。

他们来到此帝国，却不知此帝国的历史，他们和我国国民接触，却不知我国国民的风气，彻头彻尾根据自己国家的习惯，根据自我同族的意见而妄行。如果这不算一种迂腐，那就是无礼。

说起来，此等外国教师（传教士）对我国的习惯、感情、风气、历史等，均为门外汉也。假如他们明白何谓谦逊和礼貌，明白该如何敬重日本前辈的道理，便应该对这种问题也缄口不言才是。

文章内容及口吻都相当傲慢。简单说来，意思是"外国传教士不理解日本特有的历史以及习惯，所以最好别多嘴"。

可是，这篇社论的逻辑其实很怪，完全牛头不对马嘴。

外国传教士的意见是，不应该因田村直臣向外国人介绍了本国特有的新娘实情，而剥夺他的职位。他们并非在干涉日本特有的风俗。田村直臣只是坦率地说出事实而已，这点又犯了什么错呢？

当时批判此事件的文章中，不时出现"暴露国民的缺点，煽动外国人的感情"这类词句。由此也可看出，当时的有识之士都同意女子的婚姻自由确实牺牲在日本家族制度上，虽然这是日本特有的风俗习惯之一，但也是短处之一。田村正因为暴露出这种不能让外国人知道的内情，才会给他冠上"国耻"、"卖国贼"等罪名，并实施变相的"公审"，以剥夺职位定罪。

强而有力的父权、户主权

虽然也有一部分人认同田村直臣写的《日本的新娘》这本书，但他们也是以"女儿年幼，不懂世间，她们之所以会奉父命出嫁，其实是信赖父母的眼光，夫家也都是门当户对的姻眷"为由，支持父权至上的社会制度。

总之，明治、大正时代的一般都市中流家庭，几乎都是父亲决定女儿的婚姻大事。也就是说，大多数的市民家庭的未婚女子，都是奉命出嫁的例子。

都市都如此了，那么，农村呢？

农村看似比较自由，不像都市上流阶级那般死板。然而，事实正好相反。农村的未婚女子的命运比都市女子更惨。这从当时的公娼制度问题可以看出。

明治时代的公娼制度比江户时代更发达，而大部分娼妓的供应源正是农村。这正说明了有许多农村父亲将自己的亲生女儿换为金钱，农村的父权比都市更强而有力。若以现代人的眼光来看，大概没有人会相信亲生父母竟然会卖孩子。无论家境再怎么贫穷，哪有当父母的人会卖自己的孩子呢？其实现代仍有很多这种父母卖孩子的例子，只是我们看不到，身边没有这种例子而已。

在父权至上的制度下，当父亲的人对女儿的感情会变质。他们会将女儿私有化，并视女儿为私有财产的一部分。在他们眼里，"女儿"不再是人，而是"物"。

"妇人矫风会"和"廓清会"曾在娼妓最大供应源的山形县小国村进行调查，得知许多女子都是因为强大的父权而被卖掉，不是因为家里太贫困或债务太多。换句话说，日本的红灯区娼妓几乎都是农村出身，这也证明当时的农村的父权比都市区更

明治中期的未婚女性　放送大学附属图书馆藏

霸道。

　　武士门第社会直至天保年间（1830–1843），始终没有相亲这个习惯，但在庶民社会中早就确立了。明治、大正时代当然也有相亲习惯，只是，相亲对象都由父母决定，完全没有当事人插嘴的余地。而在农村，相亲习惯更被省略，通常都是父亲一声令下，便决定了女儿的终身大事。

　　也因此，许多未婚女子在事前都仅知道对方的名字，然后在婚礼当天才看到对方的长相。不过，农村女子因必须到田里干活，比较有机会偷窥未来夫婿的长相或工作现场。当时的女子也对这种婚姻形式不怀任何疑问，她们都认为这正是女人的命运，完全听天由命。

那么，日本女子到底如何挣脱这个强而有力的父权制度呢？

这要等到职业妇女层急剧增多后的大正时代中期至后期。女子只要在经济上能够独立，想摆脱父权或夫权的控制也就没有那么难了。女子自己能赚钱的话，不但会促进自主性，也会提高发言权，继而主张独立。据说，当时的职业妇女大多是恋爱结婚。因此，父权制度下的婚姻形式变化，是源自都市女子的经济独立。

至于农村，直至二次大战战败之前，父权制度仍很强。战后因实施地方城市的集体就业，大量青年子女前往都市就职，可以自己谋生后，才逐渐摆脱父权制度。此外，也因为集体就业制度，造成农村陷入儿媳妇饥荒困境，再也无法持续"门当户对"的选择，继而提高了恋爱结婚的可能性。

日本的父权制度历史很长。就此意义来说，田村直臣于明治二十五年（1892）出版的《日本的新娘》，确实是不能被忘却的重要事件。只是，不将被告发的羞耻事当作问题，却直接以"社会性抹杀"方式让作者无法立足于社会，也确实是当时的时代风气使然。

女工
哀史

制丝厂女工与纺织厂女工

明治五年（1872）十一月（旧历十月），日本政府经营的制丝厂于群马县西南部富冈市开业，名为"富冈制丝厂"。

当时的日本政府以工业化为富国强兵的目标，但无法一开始便着手重工业，只能从已有经验的纤维手工业做起。日本最初的大型炼钢厂成功例子是富冈制丝厂设立30年后才出现。由于制丝业可以说是决定新日本去向的大事业，工程师和机器用法都由自法国招聘的工程师负责指导。

工厂竣工之前，政府便向民间发放招聘女工通告。但是，因民间流传"成为女工会被洋人喝鲜血"的谣言，招不到预定数量的女工。翌年一月，工厂的404名女工，几乎都是自告奋勇的旧武士阶级的女儿。同年四月才增加至556名。

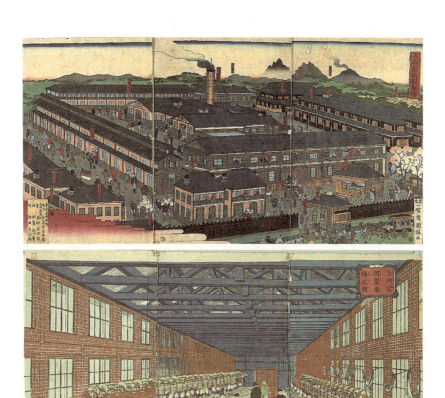

上 / 《上州富冈制丝厂》

明治五年（1872） 第二代歌川国辉（1830-1874）画 日本实业史博物馆藏

下 / 《上州富冈制丝厂之图》

第二代歌川国辉（1830-1874）画 日本实业史博物馆藏

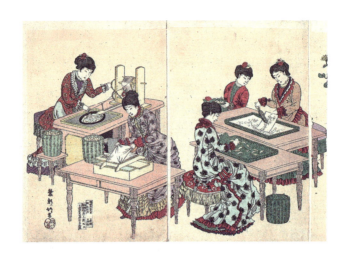

《宫中养蚕之图》　明治二十一年（1888）

　　女工的工作环境相当充实。不但引入在当时算是最先进的以七日为一个工作周的星期制，以及周日休息、年末年初和夏季各十天休假、一天工作时间约八小时等制度，还提供伙食费、宿舍费、医疗费和制服。在这之前，日本员工的休假期间通常只有年末、年初和夏季计三次，星期天不休息，不过，一天的工作时间比较短。

　　明治十年（1877）起，政府实施夜间学校的女工闲暇学校制度，富冈制丝厂也设置了学校。只是，白天的工作就已经够疲累了，夜晚还想学习认字书写或缝纫的女工并不多。

　　而且对年轻女工来说，国营企业的严格纪律以及工厂内的噪

《富冈制丝厂行启》，左：昭宪皇太后（明治天皇皇后），右：英照皇太后(明治天皇的嫡母，非生母)。明治六年（1873） 荒井宽（1878-1945）画 明治神宫圣德纪念绘画馆藏

音等，都是造成精神压力的主要原因。也因此，做不到一年至三年的工期便辞职的人相当多，并由于频繁更换大量女工，导致工厂无法留住熟练工，最终沦为赤字经营。

这时期的所有国营企业，包括富冈制丝厂，都是将核算置之度外的赤字公共事业。尤其初期的数年，与其说是大量生产生丝的工厂，不如说是住宿制的女子纤维工业专科学校比较正确。就这时期来说，日本的纤维手工业工厂确实还没有出现"女工哀史"的事例。

只是，因各种身份的年轻女性共同生活在同一个地方，不少

《富冈制丝厂工女勉强"学习"之图》，拉丝女工是技术员，优秀熟练女工可以赚很多钱。 明治六年（1873） 朝孝（生殁年不详）画

农村出身的女工为了模仿上流阶级出身的女性装扮，以分期付款方式向进出于工厂的布匹商、杂货商等购买服饰，造成反复欠债的结果。之后，富冈制丝厂的生产量一直不增长，始终保持赤字经营，最终在明治二十六年（1893）售与民间。

第一家接手的民间企业是三井家，以12.146万日元成为最高额投标者。三井家时代的经营大致不错，这时期也新建了宿舍，只是，约半数女工都是从家里通勤上下班。比起开业当初，女工的劳动时间有增长倾向，六月的实际工作时间是11小时55分，十二月则为8小时55分。

三井家除了富冈制丝厂，另拥有三家工厂，但四家工厂的全部收益情况不能说是良好。因此，三井家于明治三十五年（1902）将所有工厂转让给实业家原富太郎。四家工厂的价格为现金10万日元，以及每年分期付款的13.5万日元，为期十年。昭和十三年（1938），富冈制丝厂又独立为股份公司，主要经营股东是片仓制丝纺织公司。

制丝业转移到民间企业后，有些企业便逐渐以预支方式雇用贫穷农家女儿，再将这些年轻女工关在如监狱的宿舍任意驱使。

明治中期至大正初期，制丝业及纺织产业需求剧增，日本全国各地相继建设新的制丝工厂和纺织厂。为此，女工短缺问题甚为严重，低工资、重劳动的工作益发压在未成年女工肩上。这类女工大部分出自贫困家庭。

不过，早在明治十九年（1886），山梨县甲府雨宫制丝场便因为将本来是三十二三钱的日薪降低了十钱，而且依据迟到、早退等大幅扣除工资，导致发生一起日本最初的近代式罢工例子。

甲府雨宫制丝场罢工成功后，日本全国各地的制丝厂和纺织厂纷纷发生女工罢工事例。日本新政府认为不能如此让女子继续嚣张下去，遂制定了前述的父权至上制度，将女子压在社会最底层。

新建设的制丝厂和纺织厂如雨后春笋般地出现后，追求利润的民间企业工厂的劳动条件即变得非常恶劣。穷人家的父母拿了准备费和预支工资，送子女到工厂；子女从进公司的次日起即开始工作，每个月的工资都会被扣掉父母于事前领走的款额。

工厂不但没有防止危险的设备，卫生管理及宿舍也不完备，工作环境恶劣到连明治政府当局都无法作壁上观的程度。根据明治三十八年（1905）的政府调查结果，大部分职工都是没有受过义务教育的未成年女工，职工招募的弊端显著，工人和工厂老板对立激烈。

民间企业的女工通常每天工作12至14小时，一个月休息两天，如此严酷的劳动环境一直持续到大正五年（1916）实施《工厂法》为止。禁止录用未满十五岁的女子及禁止女子深夜劳动，则要等到昭和四年（1929）七月施行改正《工厂法》之后。

《女工哀史》与《啊，野麦岭》

在日本，描写女工惨状最有名的报告文学正是《女工哀史》和《啊，野麦岭》。前者的作者是细井和喜藏，后者的作者是山本茂实。

《女工哀史》的作者细井和喜藏，生于1897年，殁于1925年，得年二十八；《啊，野麦岭》的作者山本茂实，生于1917年，殁于1998年，享寿八十一。

这两本书的共通点是内容均为女工的悲惨生活，相异点为《女工哀史》描写的是纺织产业女工，《啊，野麦岭》描写的是制丝厂女工。

纺织产业是从棉花和羊毛等原料纤维制成线状的工程，制丝厂是从蚕提取丝线的工程，两者的工作内容完全不一样。此外，纺织产业是为了满足国内需求的国内产业，制丝厂则大部分针对海外出口，是赚外币的出口产业。

比照之下，纺织产业因使用大规模的机器，危险度比制丝厂高。制丝厂的工作有次序，首先把蚕茧放入热水煮，再从煮了的茧取出丝线。据说，煮蚕茧时，会发出一股很难闻的气味，而抽完丝之后的蚕蛹，可以成为鲤鱼饵及制药公司的药品原料。

与纺织产业女工相较，制丝厂女工的工作内容相当专业，具体上应该与打字员或电话接线员的专门技术职务类似。工作难度至少比百货商店的女店员或餐厅女服务员高许多。也因此，工厂老板若不设法留住熟练工，反倒会亏本。

《女工哀史》的作者细井和喜藏，因实际在纺织工厂工作过，有关工厂的恶劣工作环境和女工们的人际关系等，均描写得很写实。但是，作者的"邪恶的资本主义"论调可能会令某些读者感到厌烦。毕竟并非所有工厂老板都是劳力剥削者，其中也有极为关照员工的经营者。

话虽如此，作者在书中也没有单方面地谴责纺织工厂，他有补充说明，有些工厂的福利保障做得很好。《女工哀史》的主题是说明工会的必要性，以及工作在人生中的重要性。

《啊，野麦岭》的作者山本茂实没有实际在工厂工作过的经验，但他通过多次精心采访，完成这本精彩的报告文学作品。

他在书中一面描写女工的悲惨工作环境，但也提到用在工厂赚来的钱回老家买了田地的女工例子，以及证明到工厂工作比留在老家做农活还轻松的例子。只要细读内容，可以读出作者的本意在"女工待遇虽不好，但无法当女工的女子命运更悲惨"这点。

此外，作者的弟弟当时在片仓制丝纺织公司工作，作者应该也从弟弟口中听来不少真实例子。而且他也没有单方面地描写工厂经营者全是坏人，书中还描述了比员工更早起、更勤奋的工厂老板。

由于这两本书都不是完全倒向"女工好可怜"的论调，反倒具有说服力，令后人可以理解当时的女工生活。

《女工哀史》和《啊，野麦岭》都算是极为出色的文学作品，亦是认识时代背景的优良教科书。最精彩的应该是两位作者的笔调都充满了人道主义，否则不会直至现今仍被世人视为女工经典。

电影《啊，野麦岭》则完全夸大了制丝厂女工的悲惨生活，实际上的制丝厂女工境遇并没有那么苦，不过，纺织产业的女工命运可能正如电影所描述那般。

现代版的"女工哀史"其实也到处可见，只是，这种事对旁人来说很难下判断，完全看当事人的心态及生长环境而定。最明了的例子就是男性的军队生活，有些人认为军队生活很悲惨，但有些人，例如美国性格巨星查尔斯·布朗森（Charles Bronson），则认为军队里有三餐可吃，又有干净的床铺可睡，简直是天堂。

总之，当时不仅纺织产业或制丝厂女工，其他农业、矿业、渔业等第一级产业工人的劳动环境，也都很类似。

岐阜县飞驒的"阿信"

野麦岭位于岐阜县高山市和长野县松元市的交界，是联结飞骠国（岐阜县北部）及信浓国（长野县）的镰仓街道、江户街道的一个山口。在飞驒山脉南部山峰的乘鞍岳和镰峰之间，海拔1672米。

往昔，有许多十三岁左右的女孩，排成队伍，先后越过这个隘口，前往长野县的冈谷、诹访工业城市的制丝厂当女工。年底返回故乡过年时，因路途险峻，若碰上暴风雪，有些女孩甚至会在抵达老家之前便死于外乡。

明治时代的生丝产业占当时的政府出口总额的三分之一。现金收入较少的飞驒农家，通常都让家里十二三岁的女儿与村里的女孩集体越过野麦岭，到信州的制丝工厂当"拉丝"女工。

这些拉丝女工于年底带回家的钱，正是飞驒农家的重要收入。当时的人习惯在年底偿还一年期间欠下的债务，若没有女儿从制丝工厂带回来的现金，根本别想过年。

每年二月中旬，前往信州工作的古川町（飞驒市）农村女孩，先在古川的旅馆住一夜，次日再于下一站的高山与来自四面八方的村庄女孩汇集。

高山的旅馆前竖立着山一、山二、片仓组、小松组等冈谷的制丝工厂社名招牌和高挂的灯笼，父母只能送女儿到此为止。女儿哭泣，送别的父母也忍住眼泪与女儿惜离别。如此，几百甚至几千名女工排成队列，集体一面互相鼓励，一面越过冰天雪地的野麦岭，出发至信州。

细长的山径很难走。

夏天是舒适的山路，山口有家名为"助人茶馆"的茶馆，可以让旅客休息，之后，旅客再顺着野生熊笹郁郁葱葱的山路，各自下山前往信州或飞驒。

冬天刮起暴风雪时便会夺人性命。二月、三月的残雪更会化为硬冰，一不小心，这些女工候补的农村女孩即会在还未当上女工之前先丧命。

明治时代初期的女孩没有类似现代的内裤可穿，她们都在衣服底下又穿了一件贴身裙当作内裤。翻越野麦岭时，贴身裙下摆会结冰，变成玻璃碎片，割伤女孩们的大腿。纵令更换多少次草鞋，草鞋也会结冰，导致脚趾因冻伤而起水泡。好不容易才抵达投宿旅馆，也无法立即缩在火堆前取暖。

当时的人常说"野麦岭的雪被染成红色"，日后才知道是女孩们的贴身裙染料溶解在雪地里而造成，但应该也混杂着女孩们的鲜血。

《啊，野麦岭》原著中有人证言：

　　我亲眼看过几百、几千女工互相用细绳或腰带系着身子，一边大声鼓励呵斥，一边诵经祈祷地越过山口。其中，年纪比较大的姐姐们庇护着十二三岁的少女走在暴风雪中的身姿，只能用"悲壮"来形容。若不是女工们一心想回家的意念坚定，用几千

只脚把雪地踏平，否则即便再矫健的男人，也无法越过那样的暴风雪山口。（明治十四年生）

另一方，诹访地区因水源丰富，聚集着许多制丝工厂。工厂女工都来自周边农村地区，而且半数以上是位于深山地区的飞騨贫穷农户女儿，许多少女以类似卖身契约的形式被父母卖到工厂当女工，为期至少七八年。

女工们的劳动环境苛刻，从早上五点至夜晚十点都在工作，几乎没有休息。工厂内闷热，空气中飘荡着蚕茧的恶臭，少女们满头大汗地拼命拉丝，只为了养活留在家乡的父母及兄弟和妹妹。

电影《啊，野麦岭》制作于昭和五十四年（1979），当时轰动了全日本。但是，电影描写得比原著凄惨，害往昔曾当过制丝厂女工的老一辈人气愤得很，许多人因这部电影的影响，缄口不再提及往事，甚至拒绝参加"女工同窗会"。

其实在拉丝女工辈出的飞騨地区，"拉丝"并非"可怜"的代词。因日本女子的平均寿命占全球第一，现代仍多少可以得到往昔曾当过拉丝女工的飞騨老人的证言。

例如生于明治三十二年（1899），于大正三年（1914）至昭和七年（1932）在制丝厂工作过的某女，就曾在1995年证言（长野县冈谷市《冈谷蚕丝博物馆纪要》）：

也许真的有类似电影《啊，野麦岭》中的例子，不过在我周围一个也没有。没有人因生病还顾念着工作那种悲惨例子。宿舍有各种规则，工作时间之外，可以阅读也可以习字，熄灯时间到了就一起关灯睡觉。但是，大家都一定要学针线活，最起码要会缝制自己的贴身裙或单层外衣。宿舍有固定的时间表，不用学针线活的夜晚就习字。身体不舒服时，工厂医生时常来看病，健康管理得很彻底，没有女工生病还要工作的例子。

其他证言还有：

我是十三岁时到冈谷的山共制丝厂工作，七年契约。我家四个姐姐都是女工，而且都是百元女工，所以我也很努力工作。我父亲每年都用我们赚的钱买了田地，我记得当时的田地价格好像是十亩约100日元或150日元左右。（明治二十四年生）（一亩相当于30坪，1000平方公尺。）

我从十四岁起在冈谷的大和制丝厂做了八年，当然也越过野麦岭。最初一年只能领到10日元工资，第二年增加到25日元，第三年又增加到45日元，我记得我在第八年领到95日元的工资。其他每年都另有1元、2元、3元、5元等奖金。（明治三十一年生）

我是一年契约。女工也是各式各样，不能说每个都很可怜。

每家制丝厂都有赏花、夏祭、观剧的娱乐活动。还有运动会。

从以上证言可以看出，最初大家都以"百元优秀女工"为目标，时代再往后推的话，目标就变成"五百元优秀女工"。这也证明了制丝厂女工确实是专门技术职务，熟练工可以领到高薪。

大体说来，制丝厂的女工工作内容和宿舍规则确实很严格，但如果成为优秀熟练工，一年可以赚500日元现金。换句话说，与当时的工资水平和劳动环境比较之下，制丝厂女工的条件相当优渥，否则也不可能在同一个地区一直辈出女工。

明治时代的100元相当于现代的200万日元，如果再和当时的物价做比较，便可得出制丝厂女工绝对不是低工资的结论。有人甚至证言，当女工时，三餐都有白饭可吃，回故乡嫁人后，反倒三餐都得吃混合谷物的饭。

或许事实上确实存在着"女工哀史"的一面，但是，最近的研究似乎逐渐推翻了往昔对制丝厂女工的悲惨形象，有些人赚了钱后回故乡买田地，日子过得相当舒适。

只是，上述那些证言都是出自活到九十岁以上的女子口中，而且只限飞驒地区，真正在严酷劳动条件下过世的人已无法开口作证。

我想，悲惨例子和幸福例子应该是各半，全依据工厂经营者的思想与做法而定。不过，飞驒地区的"阿信"们确实不悲惨。《啊，野麦岭》原著中也说明：

"恶劣的三餐、长时间劳动、低工资是女工哀史的定论，不过，与飞驒有关的女工，没有人回答三餐吃得不好或工资低。在长时间劳动项目中，也仅有3%回答做得很辛苦，其他大部分人都答说'比留在家做家务还轻松'。这也难怪，如果留在家里，必须做更长时间的重劳动才能有饭可吃。"

根据记录，飞驒地区的旧山田村（神冈町）300户中，有560名女子出去当女工，大致是一家两三人。国府村于明治四十三年（1910）的记录则为458名。

一个村落便有这么多人，整个飞驒地区的女工数量应该更惊人，可惜其他村落没有留下当时的记录。

PART 2

食、衣、住、行
与 娱乐

"文明开化"
之味

明治、大正人的餐桌

所谓"文明开化"，就是摆脱江户时代的中国文化影响，引进西洋文化。因此，时代一跨进明治，仿效西方做法的人便增多。各式各样的文化和物品一股脑儿地涌进日本，民众的生活样式逐渐西化，但是，饮食习惯是否也西化了呢？

根据《东京府统计书》，明治二〇年代至三〇年代，售肉铺、牛奶铺、面包店的数量确实有增，证明了西方饮食已经在东京扎根。在副食方面，除了固有的鱼类、贝类、蔬菜类、豆腐制品，也流行过鸡肉、牛肉、猪肉、马肉。

此外，上流阶级对西餐的憧憬极为强烈，东京的精养轩①、

---

① 创立于明治五年（1872）。目前仍存在。

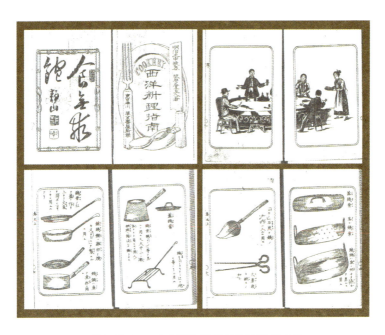

明治五年（1872）出版的《西洋料理指南》及内页

万国亭①、三河屋②等西洋饭店和西餐厅均宾客如云。据说东京神田的三河屋是西餐厅鼻祖，店招牌的旗子和广告单都写着罗马字的"Mikawaya"，在当时很有名。

现代日本人熟悉的咖喱制法也很早就收录于《西洋料理指南》③。

　　咖喱的做法，葱一根，生姜半个，韭菜少量切细，以一大汤匙黄油煎，加一合五勺水，再加鸡、虾、鲷鱼、牡蛎、红青蛙等煮熟，之后加一小匙咖喱粉，煮西洋时间一小时，全部煮熟后，再加盐，另外用水调两匙子面粉放进去。

明治十九年（1886）甚至组成"妇人饮食会"，名流夫人和女儿每月三次聚集在东京筑地的精养轩享受西餐。但是，一般庶民的三餐仍是很简朴的和食。根据《东京风俗志》④，主食是白米饭，副食则为"早上是味噌汤，中午是鱼，晚上是红烧菜和汤"，也就是说，一饭、一菜、一汤，顶多再有一碟酱菜而已。

即便跨进大正时代，庶民的三餐内容也没有什么变化。《近

---

① 创立于明治八年（1875）。已停业。
② 创立于庆应三年（1867）。已停业。
③ 明治五年（1872）出版，作者是"敬学堂主人"，上、下两册。
④ 出版于明治32年-35年，平出铿二郎（1869-1911，日文学者、历史家）著。

代日本食文化年表》①收录了一篇大正十四年（1925）东京市深川灵岸小学儿童副食调查，早上是味噌汤和酱菜，中午除了蔬菜以外，另有豆、酱菜等，晚上是鱼、蔬菜、酱菜、红烧菜，几乎完全没有其他副食。此外，回答的320名儿童中，仅有五名答说副食吃了鸡蛋。至于肉类，包括牛肉和马肉，仅有一名答说在中午吃过，早上和晚上完全没有。

又根据《朝野新闻》，明治时代吃肉食的人仅限一小部分，商家学徒和女佣都是味噌汤和酱菜而已，偶尔可以吃到红烧鲔鱼、豆腐、盐烤秋刀鱼。到了大正时代中期，东京下町庶民的三餐也仍未西化，要等到昭和时代以后，一般家庭的饮食才会加速西化。

牛肉锅与肉食 PR 运动

江户时代，幕府屡次发出肉食禁令，一般人可以说终生从未吃过牛肉。不过，彦根藩（滋贺县）例外，因为每年都要纳献用牛皮制成的战鼓，所以是幕府唯一允许屠宰牛的藩国。当地人习惯将剩下的牛肉用味噌腌渍或制成肉干。

幕府末期，幕府的禁令似乎也逐渐失效。福泽谕吉在《福翁

---

① 小菅桂子（1933-2005）著，1997 年出版。

自传》中写道："我在大阪绪方洪庵①的'适塾'学习兰学（西洋医学）时（安政四年），经常去鸡肉铺。比那里更方便的是牛肉铺，大阪有两家可以吃到牛肉锅的店铺。"

明治维新后，牛肉被视为"文明的口味"，牛肉锅走红，成为流行美食之一。东京的牛肉锅做法是用味噌或酱油煮牛肉和葱或其他蔬菜，大阪则先烤或炒牛肉，之后加上蔬菜，再用酱油煮。大阪的牛肉锅是现代寿喜烧的始祖。

现代人往往误会肉食是明治时代的新饮食习惯，其实在江户时代后期，鹿肉和野猪肉就已经相当流行。只是，江户时代末期的肉食，通常被当作补药或药膳之一。一般人仍认为应该忌避肉食，说什么在家里吃的话，家人会遭遇不幸，也有吃肉会患上恶疮和中风的说法。当时的庶民三餐仍以白饭、蔬菜、鱼类为主，何况牛是用来耕田的，人们根本不会想到去吃牛肉。

但是，一心策划近代化的明治政府则想尽办法也要让民众积极吃牛肉。政府为了避免西方国家将日本殖民地化，除了吸收不输给外国的知识，发展经济外，更认为必须改善日本人的体格。而为了改善体格，应该尽早让民众习惯吃肉。

为此，明治天皇于明治五年（1872）的宫中晚餐会，主动吃了西餐，大力宣传肉食。除此以外，也在宫中养乳牛、喝牛奶，

---

① 绪方洪庵（1810-1863），医生、兰学家。因开办教授西方医学知识的"适塾"而著名，"适塾"正是日后的大阪大学。

宣讲牛奶的效用，可说用心良苦。知识分子也呼应此举，鼓励民众吃肉。福泽谕吉正是其中一人。

可是，就算国家总动员地呼吁老百姓定要吃肉，老百姓也不可能说吃就吃。连曾在横滨异人馆学过西餐做法，擅长处理牛肉，最初开牛肉锅餐馆的老板，据说开张当初根本没有客人上门。偶尔有客人前来，也都是一些爱吃奇特食物的人，大家都是来吃个经验，以便回去向人吹嘘。

后来因荷兰医学的营养师大力推荐饮用牛奶和肉食，民众对肉食的忌避习惯才逐渐淡化。之后的文明开化潮流更一口气将肉食习惯推至顶峰。

牛肉锅流行之后，连江户时代偷偷卖野猪肉或野鸟肉的铺子也都光明正大地挂上牛肉锅招牌。当时的流行语正是"不吃牛肉锅，便是不开化家伙"。如此，牛肉锅餐馆逐渐在全国各大城市盛行，形成文明开化的象征，当时别称"开化锅"。吃牛肉的习惯扎根后，明治二十年（1887）左右，东京浅草出现了卖马肉的店铺。

马肉味道虽然比不过牛肉，但价格便宜，低收入者也吃得起，相当有人气。翌年，马肉餐馆也开张了，之后逐渐增加。基于马肉的颜色，马肉别称"樱肉"，现代也延续此称呼。比起牛肉锅餐馆，马肉餐馆看上去很破旧，但菜单有普通锅、里脊肉锅等，生意很好。

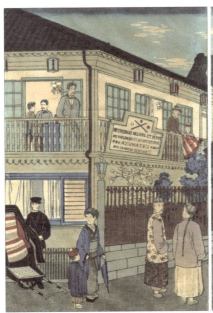

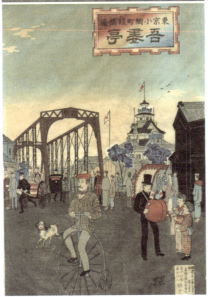

《东京小网町铠桥通吾妻亭》，牛奶等西洋饮食，在当时被视为文明开化的象征。　明治二十一年（1888）　井上探景（1864-1889）画

牛肉锅餐馆通常在招牌上用红字，马肉餐馆用黑字，以便区别。只是，能挂起招牌的马肉餐馆非常少，大部分都在人力车聚集的地方开家小店。也因此，往往成为恶棍聚集的场所。

牛奶与旧士族

安政三年（1856）七月，以美国总领事身份来日本的汤森·哈里斯①，向担任横须贺浦贺港警备、船舶、货物的下田奉行所提出供应牛奶的要求。下田奉行所答道："日本没有喝牛奶的习惯，我们养牛是为了农耕以及搬运，没有挤它们的牛奶。母牛只在小牛出生时才有牛奶，牛奶是给小牛喝的，所以我们无法提供牛奶。"

换句话说，下田奉行所的官员根本不知道这世上有乳牛这种动物。

翌年，到北海道函馆任职的美国贸易事务官，获得奉行所的许可，养了一头乳牛，并教导日本人如何挤奶。此外，文久三年（1863），向荷兰人学习挤奶法的前田留吉②，在横滨设立日本第一家牛奶挤奶所，开始销售牛奶。不过，这时的牛奶是纯粹的生牛奶，没有做任何杀菌处理。前田留吉于明治七年（1874）又

---

① 汤森·哈里斯（Townsend Harris, 1804-1878），纽约商人，美国首任驻日公使。
② 前田留吉（1840-？），幕末、明治时代的实业家。

前往美国视察牛奶业界，三年后在东京神田饲养洋牛，并开了一家牛奶店。

牛奶在江户时代是只限德川家饮用的特别饮料，庶民几乎没有机会喝到。因为第八代将军德川吉宗①对马术有兴趣，而医疗马时需要牛奶和黄油，所以进口了三头雌雄白牛，并在千叶县的岭冈牧场尝试放牧、繁殖。而且还用牛奶制作牛酪当补药。德川吉宗算是日本奶酪畜牧业的始祖。

宽政四年（1792），第十一代将军德川家齐②的时候，岭冈牧场的白牛增至七十头，其中一部分移到江户，开始制造牛酪。德川家齐还让医生写了一卷《白牛酪考》，让一般庶民也明白牛酪的药效。这个时代，将军家和大名均视白牛酪为治疗肺结核的灵药。

明治时代准许乳牛进口后，各地出现了牧牛业。明治三年（1870）的报纸上即有牛奶宣传广告。

明治六年（1873），东京府公布"牛奶榨取人规则"，警视厅又于十一年发布"牛奶营业管理规则"，规定需用锡罐配送牛奶。明治十五年（1882）十月，农商务省管辖的千叶县种畜牧场，成功制作出在牛奶里加糖的炼奶，牛奶消费量便随之增加。

最初，牛奶专门卖给住在居留地的外国人，之后才成为病人

---

① 德川吉宗（1684-1751），日本江户幕府第八代将军。

② 德川家齐（1787-1837），日本江户幕府第十一代将军。

以及身体虚弱者的滋养强壮饮料，也被一些挤不出奶汁的母亲当作母乳代用品。只是，那时候的牛奶很容易腐坏，口碑不好。这是因为当时的牛棚和挤奶工厂没有做好卫生管理。后来在政府的指导下，彻底进行卫生管理，明治中期又从美国引进蒸气杀菌技术，称为"杀菌牛奶"上市。"杀菌牛奶"大受欢迎，没有杀菌的牛奶逐渐消失，特别是装在玻璃瓶的"杀菌牛奶"成为时尚饮料，广博大众好评。

当时，经营挤奶行业和销售牛奶的人，以旧士族阶层居多。由于牛奶还未普及，没有人知道挤奶行业和贩卖牛奶到底能不能赚钱，农民和商人均敬而远之。此外，对农民来说，牛相当于家族成员，农民认为，挤奶等于从牛身上抢奶，太可怜，下不了手。因此，这些行业就由本来只会读书、舞剑的失业旧武士阶层来担当。

在价格上，白米一升（1.8L）约10钱，牛奶一合（180.39 ml）4钱，对庶民来说，确实是昂贵的饮料。虽然政府鼓励民众当作营养食品喝，但应该并非任何人都可以随意饮用。这时，旧士族想出牛奶送到家制度。挤奶行业和销售公司联手，每天早晨送刚挤出的鲜牛奶到家庭。而且，签订一个月以上或一天四合以上契约的家庭，有折扣制度。如此，再请名人代为宣传，牛奶的效用才逐渐渗透至民间。

明治三〇年代，各地出现了牛奶厅，对牛奶的普及发挥了很大作用。现代的日本咖啡厅菜单通常有牛奶和蛋糕，正是明治时代牛奶厅留下的痕迹。现代日本学校都有营养午餐，而营养午餐也一定有牛奶，归根究底，其实也是托文明开化之福而普及的饮料。

豆沙面包，一天卖出十万个

面包给人一种文明开化以后才传入日本的印象，实际上，早在江户时代便已经存在。只是，面包不合日本人的口味，因此没有普及。让讨厌面包的日本人变成面包迷的最大功臣，是木村屋创业者木村安兵卫①。

明治七年（1874），安兵卫推出一个五厘的红豆面包，非常有人气，一天可以卖出1.5万个。据说在明治末期，店面每天都卖出10万个。红豆面包之所以畅销，秘诀在于安兵卫的巧思。他认为，日本人的主食既然是米饭，如果把面包当"主食"卖，日本人一定无法接受。于是，他想到若把面包当茶点，日本人肯定愿意掏腰包。

安兵卫的儿子与另一位面包师傅绞尽脑汁成功制作出使用酒种的面包。当时的面包酵母主要使用酿造啤酒的啤酒花种，但啤酒花种在日本很难到手，日本人也不习惯这样的风味。安兵卫便

① 木村安兵卫（1817-1889），日本武士、实业家、木村屋总本店创业者。

想到使用酒种制作面包，并在面包内放入豆沙馅。简单说来，就是把西洋面包改头换面为和式点心的和果子。

木村屋成功制作出酒种面包后，还在面包中央凹处放上炒芝麻、罂粟籽、盐腌樱花。此装饰对明治人非常有效，让西洋人的主食面包一口气成为日本人的饭后茶点。

翌年四月，明治天皇到东京向岛赏花行幸，山冈铁舟①进献了点缀盐腌樱花的红豆面包，天皇和皇后大喜，此后，木村屋便成为宫内省的御用面包商。

山冈铁舟当时任天皇侍从，和安兵卫是剑术同志关系，且和安兵卫的小舅子是同门。不过，他向天皇进献红豆面包的主要原因在于他本身是美食家，非常喜欢红豆面包，经常到木村屋吃这个新式茶点。通过这些背景，面包才逐渐出现在日本人的饭桌上。

吃 ABC 形的饼干学英语

蛋糕和其他众多西洋文化在1543年葡萄牙人登陆时传入日本。之后数十年，面包、饼干、金平糖（星星糖）、卡斯提拉（长崎蛋糕）等也陆续传入日本。但是，日本进入锁国时代，只

①　山冈铁舟（1836-1888），东京人。幕末时代是幕府幕臣，维新后成为政治家、思想家。一刀正传无刀流创始者。子爵爵位。

明治二十九年（1896）的风月堂广告单

允许荷兰、中国文化进口，因此"南蛮点心"虽然早已普及，西方点心却要等到幕府末期。

饼干的英文"biscuit"一字来自法文的"biscuit"，而法文又取自拉丁文的"biscoctus panis"，意味烤两次的硬面包。大部分以面粉为主要材料，再掺和牛奶、起酥油、黄油、砂糖等，烤成松脆的口感。根据不同的副原料组合，可以做出各式各样的饼干。

在日本，饼干分为"biscuit"和"cookie"，其实意义一样。只是，日本点心业界规定糖分和油分多一些、手工风格的饼干可以称为"cookie"，因此市面上有两种称呼。外国似乎没有这种区别，英国人统称为"biscuit"，美国人则统称为"cookie"。

饼干最初是士兵的粮食，士兵在战场不能煮饭，政府遂采用耐存且当场可以吃的饼干当作军队干粮。明治十年（1877）西南战争爆发时，日本陆军向西点店的风月堂和面包店的木村屋订购了饼干。之后，每逢战争，军队都会订购饼干，饼干需求量逐渐增大，饼干行业也不断发展。据说，当时做的军粮饼干是黑芝麻饼干。此外，通过与外国之间的贸易，砂糖比之前更廉价，比较容易制作西点，这也是饼干普及的背景之一。

西式点心中最有人气的虽然是饼干，但饼干令大众垂青的理由不在其味道，而在做成ABC等英文字母的形状。

明治时代有不少青年和年轻女性受西方文化影响，想学英文，甚至形成一股英语热潮。英文字母形状的饼干不但可以成为记住英语的手段，而且美味，对当时的庶民来说，算是最切身的文明开化象征之一。

据说，包装英文字母饼干时，二十六个字母中，有时会少掉一个。结果，为了想传达自己的心意开始排列饼干后，才发现因脱落了重要文字而弄巧成拙。万一有人想利用英文字母饼干排列"I LOVE YOU"，又万一千不该万不该恰恰脱落了"I"，这笔账到底要找谁算呢？

现代日本也有英文字母饼干，百元商店买得到。

左/ 明治二十年（1887）时的啤酒
右/ 大正十一年（1922）的甜红酒海报。据说是日本首次的裸体海报，虽然只是露肩而已。日后于德国的世界海报展览获得第一名。

明治四十年（1907）增建后的北海道开拓使麦酒酿造所设施

啤酒与啤酒馆

嘉永七年（1854），马修·佩里（Matthew Calbraith Perry）第二次率领美国东印度舰队来日本时，带来了啤酒献给幕府。这时负责招待的洋学者川本幸民[①]已经在自家进行酿造啤酒的实验。川本幸民是第一位挑战啤酒酿造的日本人。

当时也进口英国啤酒，不过，供应对象是外国人。喝过啤酒的日本人都说啤酒的味道很臭，臭得像人粪，根本不是人喝的

[①] 川本幸民（1810-1871），幕府末期、维新期的洋学者，日本化学之祖。除了啤酒，还试制了白砂糖、火柴、银版摄影法。对日本科学的发展贡献很大。

东西。

　　住在横滨居留地的外国人则直接从祖国进口啤酒，不用担心喝不到啤酒。其中有一位挪威裔美国人，于明治三年（1870）在横滨天沼建设了啤酒工厂，销售对象是住在居留地的外国人和日本上流阶级。横滨居留地附近有干净的泉水，据说那水正适合制造啤酒。

　　这家啤酒工厂算是日本啤酒产业的先驱，生意很好，好得甚至出口至中国上海。后来生意变坏，明治十八年（1885）让渡给其他公司，正是麒麟啤酒公司的前身。现在该地成为"麒麟园"公园，公园内竖立着啤酒发祥地石碑。

　　明治二十年（1887），大仓喜八郎①和涩泽荣一②等人利用于前一年收购的开拓使麦酒酿造所设施，设立了札幌麦酒株式会社，正是现在的札幌啤酒公司。随着日本国产啤酒产量增高，啤酒成为日本国内最容易入手的洋酒。也因此，在国际性仪式的宴会以及餐饮席上，供应啤酒的机会也跟着增多。但是，对庶民来说，则要等到啤酒馆出现之后，啤酒才升级为大众饮料。

　　啤酒普及于一般民众的最大功臣，应该是札幌啤酒公司于明治三十二年（1899）在东京新桥开张的"惠比寿啤酒馆"。明治三十二年八月二十六日的《报知新闻》报道：

---

① 大仓喜八郎（1837-1928），实业家，日本15大财阀之一的大仓财阀设立者。
② 涩泽荣一（1840-1931），幕臣、官僚、实业家。日本资本主义之父。

"最近，新桥出现了一家用杯子卖惠比寿啤酒的新奇店家，生意非常好，座无虚席，有人甚至特地从远方乘马车来。一日平均800位客人，销售额约120元至130元。"

这个"用杯子卖啤酒"的店家正是啤酒馆。价格是半升（大啤酒杯一杯）10钱，四分之一升（小啤酒杯）5钱。当时，一瓶柠檬汽水约3钱至4钱。

九月四日的《中央新闻》则以民权运动斗士的口吻报道：

"这里是四民平等的另一个世界，看不出到底是富人或穷人，也看不出身份的贵贱。车夫和绅士相对，工人和上流阶级商人并排，大礼服和军服紧邻，大家都是同样在喝啤酒的客人。其他什么都不是。"

鉴于新桥"惠比寿啤酒馆"的成功，翌年，札幌啤酒公司又在东京京桥开了一家啤酒馆。明治三十六年（1903）则在位于目黑的公司用地内，开了一家附设游戏场的啤酒馆。游戏场可以玩撞球，也可以打网球，让客人出汗后狠狠地大喝特喝。

之后，各地也跟着陆续开张啤酒馆。顺便说一下，当时的啤酒下酒菜是萝卜和甘甜带咸的佃煮。

葡萄酒与吸血鬼

第一位带葡萄酒进日本的人，是天文十九年（1550）为了传教来日本的天主教传教士圣方济各·沙勿略①。沙勿略献给战国大名大内义隆②的礼物中，正包括了葡萄酒。史料留有丰臣秀吉③也喝了葡萄酒的记载。

明治时代，葡萄产地的山梨县开始酿造国产葡萄酒之后，日本人才真正喝起葡萄酒。

明治四年（1871），就任山梨县县令（县知事）的藤村紫朗④，为了推进葡萄栽培和葡萄酿酒产业，在甲府城内建造了葡萄酒酿造所，进行研究。同时鼓动县内的有力者，设立了大日本山梨葡萄酒公司。

明治十年（1877），公司让两名职员前往法国留学两年，学习葡萄栽培和葡萄酒制法。除了葡萄酒，两人也学会啤酒和香槟酒制法。回国后即购买酿造器具，建造储藏地下室等，开始制作葡萄酒。这正是闻名的胜沼葡萄酒的开端。

不过，由于酿造和储存技术有问题，流通市场出现了不良品，为此，该公司在明治十九年（1886）解散。之后，山梨县胜沼一直承继着第一任县知事的初衷，展开各式各样的葡萄酒酿造事业。

如此，一方面以山梨县为中心开始酿造国产葡萄酒，另一方

① 圣方济各·沙勿略（Saint Francis Xavier，1506-1552），西班牙籍天主教传教士，耶稣会创始人之一，天主教会称之为"历史上最伟大的传教士"。

② 大内义隆（1507-1551），日本战国时期的大名。

③ 丰臣秀吉（1537-1598），统一日本的战国时代大名。

④ 藤村紫朗（1845-1908），山梨县第一任县知事，贵族院议员。男爵爵位。

《舶来仕立图》（西服裁缝图），除了踏裁缝机的人坐在椅子上，其他裁缝师都身穿和服，按照日本传统方式坐在地板上缝制西服。 明治十二年（1879） 细木年一（生殁年不详）画

面也出现了将进口葡萄酒改良为合日本人口味的甜葡萄酒的人。

这人名为神谷传兵卫①，他判断老是仰赖关税昂贵的进口葡萄酒，事业肯定没有前途，于是让继子前往法国学习葡萄酒制法。继子回国后，在茨城县牛久建造工厂，致力于国产葡萄酒酿造。

① 神谷传兵卫（1856-1922），实业家，茨城县牛久葡萄酒酿造厂创设者。

也因此，直至今日，茨城县牛久与山梨县胜沼，依旧是日本国内的葡萄酒酿造中心。

近年来，因红葡萄酒含有丰富的多酚类物质，对身体有益，各种媒体经常拿红葡萄酒当热门话题炒作。其实对明治人来说，红葡萄酒也是健康饮料之一，只是当时与现代不同，是搁在药房卖给病人喝的补剂。

虽然葡萄酒与啤酒一样在明治初期开始普及，不过，啤酒在大型工厂大量生产，葡萄酒则被当作药剂，最初只能靠手工业勉强维持。毕竟当时的葡萄酒需求不多。而且葡萄酒的颜色会让人联想到鲜血，令明治时代的日本人敬而远之，不太敢喝。除非不得不喝，否则没有人主动带头喝。另一点是啤酒的原料大麦比较容易栽培，而葡萄很难栽培，无法大量生产。

日本国内开始生产葡萄酒后，民间依旧流传着"葡萄酒是用走兽鲜血做成的饮料，外国人打算让日本人变成吸血鬼，才故意制作葡萄酒"之类的无稽之谈。一般民众开始无所顾忌地喝葡萄酒，是明治二〇年代之后的事。

明治时代的女学生　龟井至一（1843–1905）画　东京国立博物馆藏

《真美人十四》，明治三十年（1897）的女学生。 扬洲周延（1838-1912）画

西风东渐下的
装束改变

西服与洋装

江户时代末期，西方文化接二连三传入日本，西服当然也跟着进来。织田信长时代，日本人称外国人的服饰为"南蛮服"，而江户时代的人则称荷兰人穿的衣服为"红毛服"，两者皆与明治时代的"西服"截然不同。

开国后，江户幕府为了让军队近代化，在外国人的指导下，进行了西式军事训练。这时，士兵们穿的军服正是日本西服的开端。不过，当时只允许士兵们在接受军事训练时穿，不准在平日穿用。一般市民当然更不能随便穿。年号改为明治之后，政府官员、军人、警察、邮差等人的制服首先换成西服。

明治四年（1871）五月的《新闻杂志》第二号，列举出当时的服饰种类，不但有传统日式礼服，也有江户时代武士阶级穿的正式礼服，另有军服、江户时代庶民穿的礼服等，总计十八种。同年八月，制服解禁，西服也开始普及于民间。

西服店于明治六年（1873）相继开张后，"和洋折中"的男子服饰即风起云涌，奇形怪状的打扮到处可见。例如头戴德国普鲁士帽子，脚穿法国鞋子，上半身是英国海军服装，下半身则为美国陆军礼服……街头宛如国际服装展览会。

无论古今中外，每逢时代变迁，旧时代和新时代的风俗会混杂一起，之后逐渐淘汰掉旧时代的物事。也因此，明治时代初期的街头，穿着英式礼服的摩登男士和穿着传统和服、束着武士头的男士走在一起的例子，比比皆是。

到了明治时代中期，连地方城市也出现了安装钟塔的西服店，可见这时的西服已经在民间扎根。另有一种被当作雨具、寒具的男性斗篷及披风更流行。明治三〇年代时，连地方城市和农村也屡见不鲜。如此，由政府率先示范的男士西服，普及速度相当快。

但是，社会对女性仍有种种制约，女性依然被旧习俗牢牢套住，洋装极为罕见，不似西服那般普遍，连京都和东京、长崎的艺伎穿起洋装时，都足以成为报纸的头条新闻。明治五年（1872）一月的《日要新闻》第三号就有一条新闻报道，描述一名十四岁艺伎把长发梳成中国式，穿洋装出现在酒席陪酒，很受酒客欢迎。

报道标题写着"荒谬的好事者"。可见当时的记者仍无法接受艺伎穿洋装的新观念，而且社会风气仍不允许女子穿洋装。若是现代，一个十四岁女孩即便穿得怪里怪气，大概也不足为奇。

女性的洋装大抵从上流社会开始。鹿鸣馆的社交舞会规定女性一定要穿洋装，有资格参加舞会的华族女性都穿戴西式晚礼服，与诸国的外交官跳舞。

然而，即便是华族女性，也从未学过西洋式的寒暄问候客套话，何况西式晚礼服根本不适合当时的日本女子体形。早期的华族女性通常在外国人洋货店订制晚礼服，不然就是直接购买进口货，当然不合日本女子的体形。于是逐渐出现"女服裁缝所"，专门为日本女子测量尺寸，缝制适合各人体形的晚礼服和洋装。

民间女子虽然不能穿洋装，但还是有人带头造反。造反者是当时的女学生，她们在传统和服上又配了一件前后两片式的下裳褶裙"袴"，脚上穿的是西式鞋子。女学生算是走在时代尖端的时尚模特。

以东京的御茶水女子师范学校为首，各地的女子师范学校女学生也跟着流行起来，不但在和服宽腰带上配上一件男子穿用的"袴"，甚至还卷起和服衣袖，手中提着洋书在街上阔步。当时还未出现任何时尚杂志，这些在女子师范学校接受高等教育的女学生，便成为流行服饰的摩登代表。

报纸杂志欲阻止此潮流，不约而同大肆批评：

"女学生穿男子服装成何体统？现代的女学生已经偏离研究学问的本意，走向虚荣之途。"

总的说来，明治时代有两次西服、洋装高潮。第一次是明治元年（1868），政府要人及知识分子认为穿西服等于文明开化。明治五年（1872）十一月，政府废除以往的和服礼服，采用西服为公式礼服，一部分男性率先顺应潮流，穿起西服。其次是在欧化政策下出现的鹿鸣馆时代，以上流阶层女性为中心，盛行穿洋装。

明治十九年（1886），率先穿洋装的皇后甚至指示上流阶层妇女出席仪式时应当穿洋装，并于翌年一月，破例发出诏书。诏书内容提及，"西洋女性的服装具有本朝旧有的'衣'与'裳'"，不但适合女性站着行礼，动作、步行都很方便，我们理应仿效其缝纫制法"，呼吁一般女性进行服装改良。

然而，当时所谓的女性"洋装"，并非我们现代人穿的洋装，而是贵族阶级流行的高价晚礼服，结果洋装成为社交界的装饰品，最需要普及洋装的一般女性反倒敬而远之。之后，随着"欧化热"的冷却，洋装价值一落千丈，众人重新评估传统和服，颂扬穿和服的女性。洋装必须等到下一个大正时代才能真正普及。

斩发与束发

在日本，不知自何时起，女性的长发被认为是美女条件之一。平安时代的女性仅是将长发垂在背后，镰仓时代之后则演变为盘结于头顶或颅后的发髻。江户时代初期，女性的发髻种类不及10种，但到了幕府末期及明治初期，女性的发髻种类竟多达270多种，实在令人惊讶。

日本女性的发型有各式各样的种类，而且具有随着年龄增长改变挽束形状的独特文化。譬如，少女时挽成"稚儿髻"，十五岁左右改为"桃割髻"，结婚前是"岛田髻""银杏返"，结婚后就变成"圆髻"。换句话说，只要看女子发型，便可以猜出对方的年龄和已婚或未婚身份。

无论哪一种发型，均为长发，有时还要加上局部假发髻，再抹上发油挽束，过程繁杂且极为不卫生。况且用发油固定发髻很费时间，请人做一次头发后，又不能经常洗头，对女性来说非常不方便。

因此，新政府于明治四年（1871）发布"断发令"时，女性也陆续仿效，大大流行起来，导致政府又不得不公布"女子断发禁止令"。

所谓"断发令"，并非规定每个男子都一定要剪掉丁髷，而是可以自由选择。可是，脑袋上顶着一根丁髷是当时日本男性的

《鬘附束发图会》　明治二十年（1887）　扬洲周延（1838-1912）画

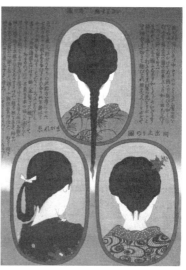

《妇人束发会》　明治十八年（1885）　丰原国周（1835-1900）画

尊严，敌视断发的人相当多。那时候，街头巷尾还流行着一首俳谐和歌：

拍打半发头，会发出因循守旧的声音。

拍打总发头，会发出王政复古的声音。

拍打断发头，会发出文明开化的声音。

"半发头"是留着传统丁髷发型的男性，"总发头"是没有剃掉前额侧至头顶部头发的无业武士浪人头，"断发头"是短发。这首俳谐和歌正显示出当时街上各色各样的男子发型。

与此同时，华族、士族也可以自由选择佩刀与否，但官僚穿礼服时必须佩刀。政府深知丁髷和武士刀是士族的自尊，所以婉转地诉说"大家可以自由剪掉丁髷，也可以自由不佩带武士刀"。

既然男子可以剪掉丁髷，那么，女性是否也可以废弃表示已婚的染黑牙齿，和表示膝下有孩子的剔掉眉毛等旧弊呢？有关这点，政府要人之间也议论纷纷，莫衷一是。于是，出现了索性剪掉长发的女子。结果，博得恶评。新政府只得于翌年禁止女性剪发，可见政府方面也不知该如何对应女子的剪发问题。

明治五年（1872）三月的《新闻杂志》严厉批评：

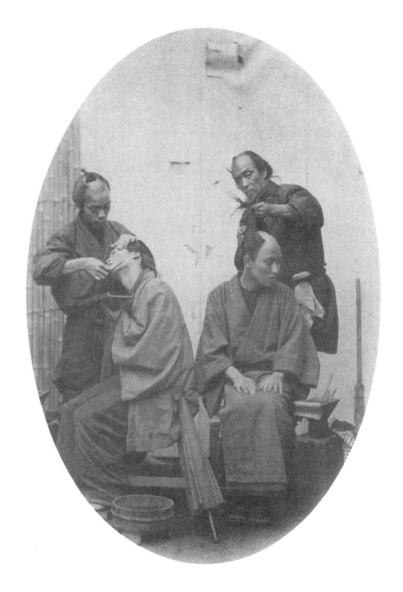

幕府末期的理发师　嘉永三年（1850）　［英］Felice Beato（1832–1909）摄

西洋也没有女性剪掉头发的例子，实在很难看。希望女性不要弄错剪发的自由之意而失去女性的本分。

明治六年（1873）三月，明治天皇以身作则剪掉发髻，世间流传着一种男性剪发是义务的氛围，剪头发的男性增加。如此，人人在日常生活中称颂欧化主义，知识分子大肆呼吁生活改良，唯独女性的发型瞠乎其后。

鹿鸣馆盖好后，政府要人与上流阶级每天夜晚举行舞会招待外国人，这才发现日本传统女子发型与西洋晚礼服不相配。于是，明治十八年（1885）七月，为了摒弃用发油凝固发型的日本传统女子发髻，让新式发型的"束发"流行起来，有人设立了"大日本妇女束发会"。

"束发"是日本女子发型和西洋女子发型的折中风格。简单说来，就是将西洋女子发型改良为日本式，把整体头发分成几个部分，各个部分挽束起来所完成的发型。依据各个部分的挽束位置，各有各的名称。虽然日本传统发髻也是一种"束发"，但妇女束发会提倡的是不需要在头发内另放东西使之鼓起的样式。

日本发型必须请人来结扎，不但费事亦费钱，又无法每天洗发，非常不卫生。这个新式"束发"不像日本发型那般鼓胀，可以自己结扎，而且扎法简单。倡导者是医生和新闻记者，两人都是男性。在这之前，日本民间女子已经有人开始在梳这种发型，况且之前也有跟随男子的"断发令"剪掉长发的例子，所以此束发普及运动正合时宜。

该组织还开了讲习会，鼓吹束发的便利性，受到多数女性的支持，让束发流行起来。此外，还发行了两组三张成套的"大日本妇女束发图解"彩色浮世绘，具体介绍四种束发发型。束发中最具代表性的发型是"英国卷"和"晚会卷"。"英国卷"是在头部中央分成左右两束，扎成辫子，再将辫子挽成发髻；"晚会卷"则是将左右两束头发各自挽至头顶，再扎成发髻，适合出席晚会。

与日本发型相似的束发风格，很快便被女性接受，最管用的是只要几根发夹，自己在家也可以挽束，眨眼间就流行开了。总之，简便的束发与高涨的欧化主义相辅相成，流行速度非常快。甚至连艺伎和娼妓也梳起束发，京都的八坂新地（祇园町）考虑到若这样不闻不问，京都艺伎会失去固有的温柔风姿，破坏古来的名声，因而严禁艺伎梳成束发。

束发发型中，有一种名为"玛格丽特"的发型，本来在发髻插簪子，后来用丝带或鲜花代替簪子，增添了华丽的时尚风格，在年轻女性之间特别有人气。女学生在背部垂下辫子，头顶装饰丝带蝴蝶结的发型，也是束发发型之一。当然也有许多女性依旧喜欢传统日本发型，不过，用丝带蝴蝶结装饰，让长发随风飘动的发型成为明治时代的代表风物之一，同时也让女性变得自由豁达。

束发也有流行，鹿鸣馆时代，"晚会卷"风靡一时。明治三〇年代以后，女性们厌倦了普通的束发，流行起房檐般的"庇发"，四〇年代又针对日俄战争流行起"二〇三高地"发髻。"二〇三高地"发髻是将束在中央的头发高高堆起，形状类似二〇三高地的地形。连贵族女学生也流行起这种发型时，当时就任学习院院长的乃木希典①即禁止女学生梳这种发型。

尽管"束发"很流行，但仍要等到昭和时代的战争期间，日本大部分女性才不再结扎传统日本发髻。昭和三年至四年时，日本女性的发型依旧是日本发髻和束发各占一半，短发极为罕见，短发女子甚至被冠上"摩登女郎"或"毛断女郎"的称呼。

---

① 乃木希典（1849-1912），东京人。日本陆军大将、第三任台湾总督。伯爵爵位。1912 年明治天皇大葬，乃木希典切腹自杀，其妻亦以短刀割颈自杀，为天皇殉节。

居住潮流的
演变

明治庶民的住居

幕府末期至明治初期，日本人口约3500万，其中，住在非农业地区的都市人占一成多，约400万人，由此推算，大部分庶民都住在民房。

都市区的庶民中，虽然也有富裕商家，但大多数人都住在简陋狭长的大杂院。明治时代以后，这些小民房或大杂院急速消失，很难从目前留下的一些被指定为文物的民房，正确得知当时的庶民住居的总体情况。

例如，榻榻米是明治时代以后才普及于一般民家，直至江户时代末期，大多数民家都是泥地，或在一部分泥地铺上地板。而且这个地板也非木板，通常是用竹子编织成的竹芾。木板制的地板，需等到锯子发达到容易制造木块之后才普及。幕府末期，都

江户时代的商家，兵库县龙野市。　　　明治初期的女性　摄影者不详

市区以外的民家，大部分是竹苇地板。

　　明治时代以后，田字形的四个房间布局的住居逐渐发达，在地板部分铺榻榻米的人家虽然增多，但直至明治后期，厨房和卧室仍是泥地。都市区的民家本来也是泥地和地板的简陋小屋建筑，后来逐渐发展，关西地区则演变为正面窄、进深长，一侧是房间，另一侧是泥地的单侧建筑。

　　庶民这种简陋住居构造其实和各藩对藩民采取的统治政策有关。特别是佃农，例如木板地板、厚榻榻米、天花板、纸拉门、纸拉窗等，现代日本一般住居的基本构成要素，在当时全被禁止。

　　明治时代的文明开化浪潮，并没有波及至庶民的住居。改元为明治后，庶民的住居仍是日本式房子。这是因为一般日本人很难适应西式的生活方式，况且若要改建，需要大笔费用。用现代人的眼光看，往昔的日式房子构造极为不方便，譬如厨房设在房子北侧的泥地尽头，屋内没有浴室，洗澡要到澡堂。明治时代的澡堂是木制地板和木制浴池。

特别是厨房，完全与文明开化沾不上边。厨房分为泥地上空间和泥地空间两个部分，一般都在泥地上空间搁置炉灶，泥地空间则当作洗碗池，蹲着洗碗。而且当时也没有瓦斯燃料，泥地上空间除了土灶就是炭炉。自来水普及之后，泥地竹苇上的洗碗池虽然可以注水，但是无论用火或用水都需蹲着，很不方便。

后来火柴和煤气灯登场，生活方便许多。比起江户时代使用的油灯及蜡烛，煤气灯相当明亮，东京银座等地区在街道设置煤气灯后，整座城市灯火通明。对主妇来说，最大的救星应该是火柴。火柴出现之前，人们只能用打火石生火，进口的火柴替主妇省下不少工夫。政府也鼓励火柴制造业，使其成长为大产业。

日本直至江户时代，生火时都用打火石。借由燧石和铁器击打而产生火花，引燃木片或草木纤维，再引燃涂有硫黄的木片，之后才用硫黄木片点燃油灯或炉灶。生火后，通常尽可能不让火熄灭。例如夜晚将着火的火炭埋在火盆或地炉灰中，第二天早晨再取出，搁在新木炭上吹气。光是生火就是一项耗时的工作。火柴出现后，主妇便省下生火的劳力。

火柴于幕府末期即经由长崎传入日本，但真正在国内生产则在明治八年（1875）。留学法国的清水诚①回国后，在东京本所建立了火柴制造工厂，这是日本国产火柴的先驱。当时有谣传火柴上的磷是用人骨和牛马骨制成，忌讳用在寺院或家庭佛龛前的光明灯蜡烛。

---

① 清水诚（1846-1899），实业家。

火柴普及后，火柴工厂急速增多，产量也随之增加，十年后便出口至海外。只是，每家工厂的规模都很小，类似小型家庭工业，又因为是生活用品，无法高价售出，因此主要劳动力是工资便宜的年少者。据说大部分是十至十五岁的女工。多亏这些女工，火柴价格才能在明治、大正期间始终维持10包2至3钱的低价。

总之，无论从哪个角度去浏览明治时代，都可以看到浓厚的"和洋折中"色调。

在铁路技术和邮政制度等大规模的基础设施方面，文明开化、欧化主义政策确实发挥了极大成果，但在文化以及生活习惯方面，日本人很难说变就变，凡事都是先加上日本风味才有可能逐渐渗入民间。其他民族应该也是如此。

回头来看看现代的日本家庭，叉子和汤匙这些外来文化餐具，是家族兼用，但筷子和碗、茶碗等这些固有文化餐具，一定有爸爸碗筷、妈妈碗筷、哥哥碗筷或妹妹碗筷，以及自己专用的碗筷，连家人也不能共享。客人则有客人专用的一次性筷子。

换句话说，现代日本仍处于一面向"西洋化"妥协，一面保持固有文化的生活方式。

和洋折中住宅

"和洋折中住宅"是日式、洋式合璧的住宅。明治时代的西式化、近代化住宅，以引进椅子并增加以会客为主的客厅等建筑形式为主。此外，一部分知识分子也开始接受尊重个人隐私的观念。

政府推行的文明开化政策虽然让国民接受了西洋建筑，但是，在此之前，长崎、横滨、函馆、神户、东京、大阪等地，早就出现了允许外国商行及外国人居住的居留地，另有通商口岸的特定商埠，这些地区的建筑物在当时被称为"异人馆"。

"异人馆"的存在给日本的住宅建筑业带来很大影响，各地在兴建新建筑物时，都会参考"异人馆"再进行改造。例如，一楼是全新的日式建筑，二楼则为附有西式扶手的开放阳台，窗户有百叶门，也有可以直接通往阳台的进出口。简单说来，就是"拟洋风建筑"，亦即并非出自接受正规建筑教育的建筑师设计，而是日本的工匠有样学样地模仿"异人馆"建筑物外形，但

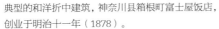

典型的和洋折中建筑，神奈川县箱根町富士屋饭店，
创业于明治十一年（1878）。

建筑方式仍是传统的日式建筑。

　　大约在明治三〇年代，高等中学生、大学生、绅士的服装几乎都是和服和西服兼半，房子也随之转移成"和洋折中住宅"。尤其经济状况比较充裕的人家，都会在玄关旁特别附加一间西式客厅。又基于社会潮流倾向尊重个人隐私，房间与房间之间不只用向来的日式纸拉门和隔扇区分，而且为了避免直接穿过一个房间通往另一个房间，屋内也设置了"中走廊"。"中走廊"就是两旁都有房间的屋内走廊，类似现代饭店的客房设计。

　　即便是纯粹的日式住宅，当时的上流阶级绅士也会在十畳席①大的起居室安设椅子、桌子。冬天在炉子焚烧煤炭。从政府机关或公司回家后，脱去西装上衣，换上吸烟外套②，口含英式烟管，坐在椅子上阅读西洋书。当然，能过这种生活的人，屈指可数。

煤气灯与电灯

　　文明开化的象征之一是煤气灯。

　　对当时的人来说，太阳下山后便是黑暗统治的世界，夜晚出门时，只能用一盏灯笼照亮自己的四周。众人都随着太阳升起而

①　一畳席：一个榻榻米大。榻榻米大小依地区而有异，大约半坪大，就是一个人躺下时的长度和宽度。

②　smoking jacket，19世纪中叶流行的英国外套，避免吸烟时让烟灰弄脏衣服，并避免身上的服饰留有烟味，影响家中妇女，在当时是一种绅士风度的表现。

活动，日落后就关在屋里与阴暗的油灯一起过夜。

漆黑的夜晚是妖怪横行的另一个可怕世界，长久以来始终拒人于千里之外。人们就是在这样的环境中，孕育出自己特有的风俗习惯以及生活方式。但是，煤气灯颠覆了过去的生活环境。由于煤气灯的出现，人们反过来开始支配夜世界，对当时的人来说，煤气灯的光辉相当于文明开化的一种魔法。

明治五年（1872）九月，煤气灯第一次被点亮，地点是横滨，而且是日本人制造的煤气灯。这都多亏一位日本人对煤气灯制造的执着之念。

说起来，起初想建造煤气灯的人是住在居留地的外国人。他们打算让居留地明亮起来，以英国人为中心，进行着预计在明治四年十二月之前建造煤气灯的计划。德国商会也向神奈川县厅提交煤气灯建造的申请。虽然神奈川县没有受理外国人的申请，却也出现了与外国人对抗的日本人。中心人物是高岛嘉右卫门①。

高岛担忧与煤气有关的权利一旦给予了外国人，这权利将永久都被外国资本握在手中，于是召集志同道合的八名商人，设立了"日本社中"公司，一起推进煤气灯建设事业。德国商会为了抵御日本人的活动，以强硬态度对外务省施压，神奈川县厅最后决定煤气灯建造报名者数多的一方可以获得批准。"日本社中"

① 高岛嘉右卫门（1832-1914），东京人。横滨实业家、易断家，通称"横滨之父"或"横滨三名士"之一，横滨地名"高岛町"正是他留下的业绩。

上／ 隅田川，没有煤气灯的时代，漆黑的夜晚是妖怪横行的另一个可怕世界。

下／《日本桥夜》，有煤气灯的时代。 明治十年（1877） 小林清亲画

明治十九年（1886），皇居正门石桥电饰电灯，展示于江户东京建筑物园。　设计者不详

获胜，高岛一行人于明治三年（1870）十二月正式接受认可。

高岛请法国工程师估算煤气工厂和煤气灯建设工程费等，得出莫大的数字，经营管理也很难，结果八名商人全部临阵脱逃。最后高岛单独一人投出所有个人财产，并向县政府贷款，在法国工程师的技术协助之下，成功地在横滨夜空点燃了煤气灯。

两年后的明治七年（1874）十二月，东京府委托高岛和法国工程师在东京建设煤气工厂并设置煤气灯。最初在金杉桥至芝、银座、京桥那一带设置了煤气灯，不久即普及全国。煤气灯的登场也造就了"点灯夫"这项新职业。此外，也创造了被称为"花瓦斯"的装饰和广告煤气灯，这正是日本霓虹灯的始祖。

东京银座大道点亮了煤气灯后，黑暗消失，夜晚变得明亮，人们认识到西洋文明的厉害。只是，起初感到很惊讶的人在习惯了夜晚的明亮之后，也逐渐视亮光为理所当然。然而，不到十年，这些人再度体验到进一步的惊喜。

明治十五年（1882）十一月一日，银座的大仓组商会为了宣传新设立的东京电灯公司，在大门前亮起弧光灯。

眨眼间，口碑一传十，十传百，人们连日连夜赶来观看全国第一次点亮的弧光灯。这是用五马力的蒸汽机发出的摩擦电，二千烛光的亮度令观众眼花缭乱，头晕目眩，甚至有人昏倒。据说亮光达到数十町①，宛如白天。

---

① 一町约109米。

明治十八年（1885）五月，开发出供家庭使用的电灯泡的藤冈市助①，在自家实验成功，这是日本民家第一次点亮电灯的例子。如此，电灯商品化显著进步，东京电灯公司于翌年开始供应电力。电力事业先扩展至大阪、京都、名古屋等大城市，同时，家庭内的油灯、灯笼以及马路的煤气灯也随之渐渐消失。

明治三〇年代起，电灯公司职员开始挨家挨户推销家庭电灯。当时的基本费用是十六烛光（二十瓦）电灯泡每盏一元三十钱。上班族的平均月薪是七、八日元，一般私人住宅设置电灯算是一种奢侈，因此电灯公司又推出一种两家串联一起，各自使用八烛光的"便利灯"契约商品。由于当时各家各户都没有电灯开关，电灯公司于固定时刻送电来时，所有人家会一齐亮灯，很有意思。

据说，都市区的电线杆是电灯公司负责设置，但地方城市或农村地区则因经费不划算，电灯公司总是迟迟不供应电力。想设置电灯的乡镇或村落，只能从山上砍伐树木运回来当作电线杆，电灯公司才会勉强答应供电。而且契约件数若达不到一定数目，电灯公司也不肯签订合同。这点在现代似乎也一样，只要把电灯换成无线Wifi，便能理解当时的人为何愿意上山砍树回来自己竖立电线杆的心情了。

---

① 藤冈市助（1857-1918），工学者、实业家，日本电力之父，东京电器公司（东芝弱电部门）创业者。

明治中期摄影　放送大学附属图书馆藏

从人力车
到电车

人力车

提到文明开化，一般日本人会马上浮出铁路和煤气灯等。不过，这些都是自欧美传入的东西，明治政府倡导的近代化，说穿了无非是引进西洋的先进技术。可是，在这样的西洋至上主义中，唯一的例外是人力车。人力车虽是日本人发明的，却深深植根于文明开化的世界。

说人力车是文明开化期的日本人的最大发明物也不为过。不但是广泛使用的庶民交通工具，甚至出口至海外。英语的"Rickshaw"，语源正是出自日语的"rikisha"（力车）。人力车正式被批准营业后，仅仅一年，大街小巷就满溢着人力车。可见人力车与社会需求恰好相合。

东京府准许人力车的营业是明治三年（1870）三月，申请者是和泉要助、铃木德次郎、高山幸助三人。明治政府认定此三人是人力车发明者，据说是和泉要助在东京看了马车后，灵机一动想出人力车的构思，并于1868年完成人力车。关于人力车的起源，有几种说法，但是，就制造出与时代匹配的新交通工具这点来说，和泉等人的功绩非常大。他们开始营业两个月后，便出现新的营业申请者。

明治四年（1871）时，街上已有1万辆以上的人力车，翌年，东京府内的一万顶轿子完全消失，人力车则增加至4万辆，成为日本代表性的公共交通工具。失去工作的轿夫，大部分都改行当人力车车夫。

人力车的种类很多，有单座、双座，也有竖起四根柱子的，更有三轮、四轮的同乘型等。后来甚至出现豪华的泥金画人力车。人力车店通常设在道路左右两边，车夫是新时代的新职业。光是出现新职业这件事，便可证明人力车的登场给社会带来极大影响。

在交通网和通讯网都还未发达的那个时代，经济、信息都刚起步的那个社会，任何人都可以随时随地利用，也可以自由进出小巷的人力车的存在，确实是不可或缺的社会大支柱。

明治十八年（1885），在东京银座开了一家商店的秋叶大助，开始出口人力车。秋叶大助设计出有车篷、挡泥板的人力车，不但提高了人力车的性能，也装饰得既豪华又精致，通过大量出口，获得莫大财富。秋叶最初出口至英国和法国等欧洲国家，不久又出口至亚洲、非洲等地，让日本人的产品流传于全世界各地。

日本制的人力车爆炸性地流行于中国，别称"黄包车"。而且中国各地纷纷建造了国产人力车工厂，人力车扩散至全境。据说，光是上海便有一百多家大大小小的人力车工厂。只是，1949年以后，人力车被禁止，此后，"黄包车"便成为历史名词。

公共马车与铁路马车

日本开港让外国人进来后，马车也随之进来。外国人带进来的马车是奢侈的交通工具，本来仅限宫中、贵族、高级官吏、御用商人等一部分人使用。但是，公共马车出现后，就成为普遍的交通工具。公共马车于明治二年（1869）在横滨开始营业，明治五年（1872）废止宿驿站制度之后，各地也跟着做起马车事业。

初期的公共马车，车轮时常脱落，甚至把乘客抛到车外。大概是车轮还未进化到可以承受马车的速度，这算是迄今为止从未发生过的新时代交通事故。马车没有车顶，下雨时，乘客还得自备雨伞，撑着伞坐在马车上。

明治七年（1874），有人从英国进口二层式、30人搭乘的马车，在浅草雷门和新桥站之间行驶。营业时间是上午六点到下午八点，一天往返六次，全区收费10钱，中途下车3钱。可是，因发生轧死人的事故，导致歇业。后来又有人接着在同一条路线行驶，另一人则在品川和新桥站之间行驶。

以此为开端，公共马车的营业繁盛起来，明治二〇年代时，东京府内的公共马车多达180辆。公共马车通常一边鸣响发出独特声音的喇叭，一边扬起沙尘在大道疾驶。明治十年（1877）左右，落语艺人橘家圆太郎模仿公共马车的喇叭声，博得人气，那以后，市民便称公共马车为"圆太郎马车"。

明治十五年（1882）时，又出现铁路马车。这个和之前的简陋公共马车不同，车身涂上华丽的油漆，用两匹马拉曳，在轨道上滑行，一出现就广博好评。简单说来，铁路马车就是有轨公共马车，将铁路和马车并合为新式的交通工具。公共马车出现于明治二年，铁路于明治五年开通，铁路马车巧妙地兼具了两者的方便性，算是文明开化期特有的交通工具。

最初开通的路线是新桥和日本桥之间，总计6辆。同年又开通了其他三条路线，两匹马拉曳24至27人乘坐的客车。新桥至上野广小路之间的路线所要时间约40分钟，运费是6钱。

由于设备简易，运费便宜，而且有定时路线，很快便成为大众交通工具，沿线的公共马车逐渐被驱逐。据说在明治十九年（1886）时，乘客数多达600万人，运费收入高达13万日元。

路面宽广的道路行驶双轨，狭窄的地方行驶单轨，各处设立候车站，费用是一区2钱。虽然铁路马车逐渐占用了主要道路，黄尘万丈的公共马车被赶到岔道，但因为铁路马车活动范围有限，因此直至电车出现的二〇年代末，铁路马车和公共马车各行其道地并存。

明治三十二年（1899）时，品川至上野之间长达33.6公里的铁路网完成。全盛时期总计有300辆马车，2000匹马。夜间，前往上野的班车亮红灯，前往浅草的班车亮绿灯。

不过，铁路马车也并非完美无缺。因为除了候车站，轨道地基没有铺修，每逢雨后，轨道内会出现小河般的水洼，持续都是晴天时，则沙尘弥天飞舞，马车宛如在沙漠中奔驰，投诉和发牢骚的乘客也不少。

车会党

铁路马车的出现剥夺了人力车夫的客户，导致人力车夫陷于生存危机。这时，出现了一个人力车夫的代言人，煽动车夫反对铁路马车。这男人是自由党党员奥宫健之[1]。

奥宫健之说服车夫管理人，分发"来者必有酒喝"的传单，在神田神社召集了300余名车夫，琅琅演说："制造马车是一种

---

[1] 奥宫健之（1857-1911），社会运动家。

自由，但在天下的公路安装轨道独占固定地方，是一种不自由。我们必须结盟，向公司抗议，让公司废除轨道。"

事情发生于明治十五年（1882）十月。之后，奥宫又连日在市内各处召集车夫，气势如虹。最后引起世间人注目，新闻记者给他们取了"车会党"的名称，此名称就成为通称。

奥宫的真正目的是以废除铁路马车为借口，煽动车夫，打算发展为群众运动。十一月，他在浅草召开结党会，演讲题目是"车夫政谈演说会"，参加者多达2000余人。结果，演讲内容完全与废止铁路马车无关，滔滔说的都是自由民权论。过几天，因奥宫被捕，"车会党"也自然而然地消灭了。那以后，人力车也没有被淘汰，和铁路马车并排在街上，生意照旧好得笑口常开。

话说回来，在明治时代初期发挥很大作用的中、长途公共马车，随着铁路的发展而逐渐消失，变成以近距离为主。明治二十三年（1890）时，全国的公共马车总计约2800多辆，明治三十三年（1900）时增至6000多，明治四十三年（1910）时更增至8500多辆，但大部分都是近距离用。

整体说来，明治五年开通铁路，明治十五年出现铁路马车，明治二十八年（1895）京都开通电车……大众交通工具逐渐演变为以电车为主。但是，铁路马车公司当初铺设的4.5英尺的轨道，就那样保持原样地让电车公司接管，成为电车轨道，之后又成为东京市营路面电车轨道。东京都电的轨道幅度与路面电车轨

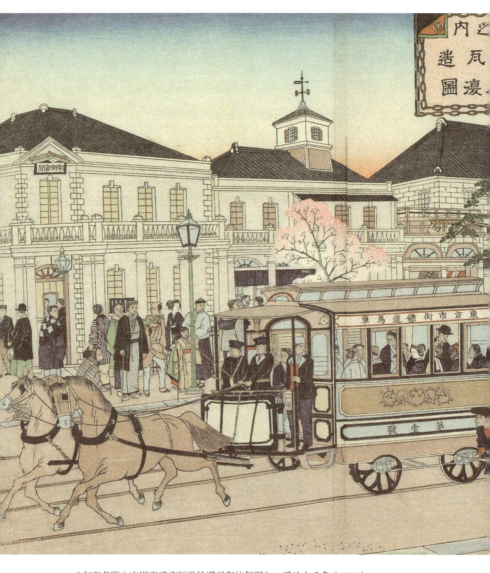

《东京名所之内银座通炼瓦造铁道马车往复图》 明治十五年（1882）
第三代歌川广重（1797—1858）画

《东京往来车尽》（东京街上的各式各样车款）明治三年（1870）　歌川芳虎（生殁年不详）画

明治二十六年（1893）的公共马车

道相同，与目前仅存的都电荒川线轨道幅度也一样。

　　也就是说，一百三十多年前的铁路马车的影响，至今仍残留在现代日本，残留在我们眼前。附带一提，大正十二年（1923）关东大地震以后，为了代替受损的市营电车，日本从美国进口福特 T 型车当作公共汽车时，当时的人称公共汽车为"圆太郎巴士"。此称呼正是源自前述的"圆太郎马车"。

大众
娱乐

凌云阁

耸立在浅草公园的高层建筑凌云阁，与鹿鸣馆一样，是著名的明治时代建筑物代表。

凌云阁竣工初期即人气大爆，经常成为彩色浮世绘的题材。特别是顶层的瞭望台是东京名胜之一的旅游热点，观看者络绎不绝，盛况空前。这是座高度66.7米的八角形高塔，石砖造的十二层建筑，在当时是日本最高的建筑。对当时的人们来说，确实像是高耸入云、兀兀擎天。凌云阁建于明治二十三年（1890），不过，在这之前，浅草便有高层瞭望台，因为极受欢迎，所以重新盖了十二层高楼。

最初在浅草建设的瞭望台是明治二十年（1887）的"富士山纵览所"。建造此建筑的契机，是浅草的五重塔于明治十八年

（1885）进行修理时，架设了脚手架（鹰架），由于许多人想登高一望，五重塔相关人员便定了一人一钱的价格，容许大众登览。结果，出乎意料地，观客大排长龙。

某个江湖商人判断，如果建造一座可以登高一望市区的瞭望台，肯定能捞一票。他真的建造了高32.6米，外形类似海螺壳的"富士山纵览所"。观客可以顺着螺旋状楼梯抵达瞭望台。只是，这座建筑物的骨架是木材和竹子，再于外层涂上石灰而已，结构简陋，因此在明治二十二年（1889）夏天受到暴风雨摧残时，损坏严重，翌年便被拆毁。正是在拆毁的这一年盖了凌云阁。

设计者是英国人。当时，明治政府为了提高学问和技术等，从欧美诸国大量雇用各领域的专家，这些人被称为"外籍讲师"。凌云阁的设计者正是其中之一。

凌云阁一层至十层是石砖结构，十一、十二层是木造建筑。由于总计十二层，人们通称为"十二楼"。一楼至八楼沿着外壁内侧设有楼梯，中央是可以直接升至八楼的电梯。八楼以上，中央设有螺旋状楼梯，外壁的窗户比下层的大。十一楼和十二楼有凉台，观客可以到凉台眺望景色。

据说从凌云阁眺望的景色非常壮观，富士山当然不用说，连房总半岛都看得到。花一钱可以借用双筒望远镜观看景色，但最有人气的是可以直达八楼的电梯。这是日本第一座电梯，因为太

东京名胜，凌云阁与仁丹广告。

明治二十三年（1890）的凌云阁

危险，不久便被废止。

　　各阶均有各自的小卖部，观客在爬至顶层之前可以享受逛商店的乐趣。根据当时的报纸描述，二楼到八楼有四十六家贩卖各国物品的小卖部，而且小卖部店员的服装或商品都设计得很彻底。例如英国小卖部的店员，身上穿的是英国服装，商品全是英国进口货。九楼是豪华休息室，装饰着美术品、乐器、电话机等。

上／大正十二年（1923）
关东大地震后的凌云阁
下／富士山纵览所

十楼的瞭望室并排着椅子，十一楼内侧、外侧各吊着两盏五十烛光的电弧灯，而且每一楼都有三盏电灯。登上十一楼的楼梯后，便是顶楼的十二楼瞭望室，设有三十倍的望远镜。

当时没有遮挡视野的高层建筑物，也没有空气污染造成的灰霾，空气很干净，人们应该可以享受360°的大自然全景。据说，上京来观看凌云阁的乡下人，有时为了数层数，一边数一边倒退，最后掉进池子里。可惜凌云阁因大正十二年（1923）九月一日的关东大地震而崩塌，残留的建筑物于九月二十三日被爆破，现在只能在浮世绘或老照片中一睹其风采。

摄影

1839年，法国人路易·达盖尔①发明了银版摄影法，之后，摄影不但成为新的记录手段，也发展为艺术。

日本早在幕府末期便已传入摄影技术，也出现了学会摄影的日本人。日本的摄影先驱者是下冈莲杖和上野彦马，而且都在1862年登场。

下冈年轻时到江户学绘画，因为故乡是伊豆半岛南部的下田市，美国首任驻日公使汤森·哈里斯到下田的玉泉寺赴任时，下

---

① 路易·达盖尔（Louis-Jacques-Mandé Daguerre，1787-1851），法国发明家、艺术家和化学家。

左/ 明治三年（1870），上野彦马，33岁。

右/ 《插梅花的女性》　1863–1876左右　下冈莲杖摄　东京美术馆藏

冈奉命伺候哈里斯。那时，领事人员中有人带来照相机，第一次
与摄影器材邂逅的下冈，大开眼界，认为今后的世界并非绘画而
是摄影。

　　日本开国后，下冈住在横滨继续做着绘画工作，之后认识了
一位来日本拍照的美国摄影师。下冈跟着美国摄影师学习摄影技
术，对方回国时，下冈用自己的绘画和对方交换了摄影器材。之
后反复研究，于文久二年（1862）在横滨开了一家照相馆，记录
下日本幕府末期、文明开化时期的激烈动荡社会。同样在文久二

年，上野也在长崎开了一家照相馆。

上野在长崎跟着荷兰人学炮术时，在荷兰文书上发现有关摄影的报道文章，大感兴趣，再跟着长崎海军学校的军医学习摄影原理。之后反复制造摄影药品，终于制造出照相机，并摄影成功，最后开了照相馆。留存至现今的胜海舟、坂本龙马等幕府末期的志士照片，许多都是出自上野的手。

虽然其他也有几名化学家不停在钻研摄影技术，但在日本的摄影技术草创期做出最多贡献的人，终究是下冈和上野这两人。

起初，人们相信拍照时会被吸走灵魂，对拍照退避三舍，后来因文明开化的影响，才逐渐接受摄影。拍照时，被摄者通常要把头固定在柱子上，不能动弹。看来当时的摄影者或被摄者，都要有耐性地花费许多时间才能成功地拍出一张照片。

根据明治十年（1877）五月的记录，当时在浅草寺境内有二十一处为游客拍照的摄影所。明治十二年（1879）三月出版的杂志甚至刊登了东京的摄影师排行榜。

东京百美人——日本首次的选美大会

日本于明治二十四年（1891）七月举行了首次的选美大会。竞赛方式并非现代人在舞台表演走秀展示自己的风姿那般，而是展览女性的照片，再让观客进行投票。举办单位是前一年在浅草开业的凌云阁。

凌云阁的最大招牌是电梯。可是，由于电梯相继发生故障，翌年五月停止运转。为了让顾客从一楼爬到八楼也不会觉得辛苦，凌云阁的经营团可真是绞尽了脑汁，最后想出的正是选美大会。也就是说，在每一层楼梯的墙壁展示美女照片，让顾客边观赏美女边爬楼梯。接受委托负责拍摄美女的摄影师是小川一真。

小川在美国学习了照相用感光玻璃底板制法，以及珂罗版感光板等照片印刷技术，于明治十八年（1885）在东京饭田町开了一家照相馆。明治二十一年（1888）又设立了日本第一家照片印刷厂，对明治中期以后的照片界发展做出很大贡献。

小川为了要让100名竞选者在相同条件下拍照，特地设立了新的工作室。工作室是日本式房间，竞选者的脸部后方没有任何背景，灯光似乎故意暗了一点，以便衬托出各个美女的五官。又为了让竞选者站立时不会晃动，特意设置了半开的苇门，让她们随时能抓住苇门以保持安定姿势。每名竞选者都手持一把写着"凌云阁"的团扇。

据说，实际展出的照片，高90厘米，宽60厘米，每张都被加上人工彩色，装在画框内，非常豪华。可是，电梯停止运转是五月底，选美大会自七月十五日开始，其间仅有一个半月，小川如何在短短期间内完成一百张制作过程如此大费周章的精致照片呢？原来小川中止了照相馆和印刷工厂的一切营业，为这场日本

选美大会参赛者之一，日本桥艺伎"玉枝"。

小川一真摄　放送大学附属图书馆藏

首次的选美大会付出所有精力。

选美大会的竞选者都是艺伎。相关人员于事前从新桥、柳桥、日本桥等东京一流的艺伎中选出100人，再经由大众投票确定排行。不用说，这场选美大会便成为东京一流艺伎的斗争战场，毕竟排行名次会影响到她们日后的身价。负责拍摄的小川应该吃了不少苦头，不过，小川本人没有留下任何幕后八卦记录。

选美大会的投票方法是客人购买凌云阁的登览券后，入场时用登览券和投票纸交换，从一楼爬到八楼慢慢地观赏美女照片，最后在投票纸写上艺伎的名字，仅限选一名。期间是三十天，每

选美大会获得冠军的玉菊

星期公布一次排行前五名的名单。

这招引起了艺伎们的激烈竞争心。有人要求自己的"旦那"①买断登览券，也发生了争吵事件。凌云阁只得把竞选期间延后至九月十二日，总计六十天，并中止公布中途的得票数。

结果，总投票数约4.8万，其中，2162票的新桥艺伎玉菊（十七岁）获得优胜。其次是2130票的桃太郎（十九岁），第三名是2057票的小丰（十九岁），第四名是2054票的吾妻（十七岁），第五名是2030票的小鹤（二十八岁）。

从票数也可以看出这是一场胜负难分的激战，票数都很接近。前五名可以得到一条镶上钻石的纯金项链和高级日本锦宽腰带。其他竞选者全体都获得各自的彩色照片和一草袋白米、一桶咸梅。获得冠军的玉菊立即受到众多"旦那"指名，翌月，便有人以1500日元帮她赎身。

艺伎照片选美大会取得大成功后，凌云阁将大会名称改为"东京百美人"，又于明治二十五年（1892）和明治二十七年（1894）各自举办了一次。

小川一真则挑选了第一回选美大会排行前十二名的美女身姿照片，出版了一本题名为*Types of Japan Celebrated Geysha of Tokyo*的珂罗版印刷写真帖。明治二十八年（1895），小川又出版了

---

① Danna，长期支持一名艺伎的金主。旦那不仅需要有钱，还要具有相当高的社会地位。

一本标题为*Types of Japan Celebrated Geysha of Tokyo. 9 Plates with 105 Portraits*，副题为"东京百花美人镜"的写真帖，刊登出一百名艺伎和四名负责照顾艺伎身边琐事的老伎，总计105帧的肖像照。

据说，当年在凌云阁进行选美大会时，这四名老伎的照片也成为投票对象，在其他楼层展示。第二本写真帖用的是展览照片的上半身，同样是珂罗版印刷。多亏小川发行了这两本写真帖，后人才能得知选美大会全体竞选者的容貌。

凌云阁和小川本人大概做梦也想不到，这场因电梯发生故障而临时举办的选美大会，竟会获得如此空前盛况。那以后，小川又陆续发行题名"东京百美人"的写真帖，介绍了当时的美貌艺伎。

PART 3

明治新女性

瓜生岩子

（Uryū Iwako，1829–1897）

/ 日本社会福祉事业之母 /

从得天独厚到家道中落

　　建立在东京浅草公园，日本女性首位蓝绶褒章获奖者瓜生岩子的铜像上，刻着如下碑文：

　　兴办学校，传播佛教，扫除堕胎的野蛮风习，设立医院，救济众多贫民，怜恤士兵，抚慰阵亡者遗族，废物利用，造福世间。

　　从碑文可以看出，瓜生岩子于生前着手的慈善事业多不

上 /　戊戌战争后的会津城
下 /　戊戌战争中的会津藩藩士
［英］Felice Beato 摄

1987 年复原的日新馆

胜数。

瓜生岩子出生于岩代国耶麻郡热盐村（今福岛县喜多方市）。父亲是富裕世家油商，家里雇用好几名雇工，岩子可谓在得天独厚的环境中长大。然而，岩子九岁时，父亲突然去世，接着家里发生火灾，房子烧毁，横祸接二连三。岩子与弟弟随母亲回到在热盐经营温泉旅馆"山形屋"的外祖父家，自此以后便冠上"瓜生"姓。

热盐位于会津北边境界的押切川左岸，三面环山，以热盐温泉而闻名。据说温泉是弘法大师（空海）于一千二百年前发现的。"山形屋"在热盐温泉地区是历史最悠久的旅馆，会津藩主到温泉来时，陪同武士都在"山形屋"过夜，藩主则住在旅馆后面的示现寺。也因此，岩子的母亲娘家瓜生家是会津藩御用商人，待遇与武士阶级同等。

住在若松的叔父山内春珑是会津藩御医，岩子十四岁时，母亲让她住进叔父家，跟着叔母学习缝纫和举止礼法。山内春珑在产科和妇科方面非常优秀，不但通达和、汉学，佛教方面的造诣也很深。所谓藩御医，是每隔四五天进城上一次班，值班武士中，若有人突发疾病，再负责诊察治疗，不进城上班时，通常都在家里为一般庶民看病。

这时期的会津，正处于严厉征收地租及饥荒困苦的时代。岩子在叔父家目睹了因贫穷而让孩子遭受不幸的恶习，以及没有足够食物养育孩子的环境。这位叔父所教导的实践性哲学和防止堕胎的启蒙运动，给岩子带来很大影响。

禅师一语惊醒梦中人

岩子十七岁时，由叔父、叔母做媒，招了在绸缎商当掌柜的佐濑茂助为婿养子①，并在会津城下町若松开了一家绸缎店。生意顺利增长，也雇了掌柜和跑腿的店小二。以长女为首，岩子生了三个女儿和一个儿子，忙着育儿和店铺的买卖，却因受到幕府末期的混乱时代影响，绸缎店的布匹销路也随之下跌。这时，丈夫茂助病倒，掌柜又带着店里的钱逃之夭夭。岩子为了独自

---

① 一种领养和婚姻继承制度，当公卿贵族、武士门第膝下只有女儿，没有儿子，或儿子因故无法继承家业时，会把女婿身份改作养子，而女儿也被定义为儿媳。

养家，开始行贩布匹。夜晚则帮人做些赚零头的针线活，拼命地工作。

文久三年（1863），丈夫逝世。岩子最尊敬的叔父也在前一年过世，丈夫逝世后第二年，母亲也撒手尘寰。由于一个接一个失去最亲爱的人，岩子也丧失了继续活下去的气力。

灰心之余，岩子向母亲瓜生家代代皈依的示现寺的隆觉禅师诉说"想当尼姑"。不料，隆觉禅师反倒告诫岩子说："这世上有许多比你更不幸的人。从今以后，你就献出你的一切，付出你的所有同情，给那些比你更不幸的人。你是个能将别人的喜悦当作自己的喜悦的人。"

禅师的这番穷人救济教导，令岩子重新站起。此时的岩子正值三十四岁。之后，岩子搬到喜多方住。

战火中寻得第二人生

这时，戊辰战争爆发，会津遭萨长军队猛攻。包括男女老幼，会津藩的士族总计1100名，新政府军的萨长军则总计约1万多名。双方交战后，死者和伤者满溢街道，市区更被大批尸体以及受伤武士、庶民淹没。

岩子看到双方军队的众多伤病员，无法视而不见，认为"不分敌我，伤者仅是伤者而已"，开始着手救护活动。她之前住在御医叔父家的三年期间，早就学会了救护医术。这时的岩子正值四十岁。

岩子救护伤病员的活动姿态打动了人心，人们称她为"会津的南丁格尔"。勇敢又不顾衣着打扮，是个值得信赖的女人之风声也传进新政府军大将板垣退助①的耳里。板垣退助原本打算见岩子一面，无奈因处于战乱中而不得实现。之后，岩子像寻得自己的人生航向那般，接二连三着手慈善事业，并取得成功。

萨长军的会津攻击令会津若松城陷落，城下饱受战火摧残，因战败而成为叛军的会津藩士遗体也被禁止下葬，就那样随地搁置。幸存者失去住屋也失去家园，亦无三餐可食，整个城市毫无生气，宛如朽木死灰。

藩校和私塾因战争而消灭，战败者的武士孩子均无法接受教育。往昔那么干净统一的会津，如今已成废墟。藩士子女都被托付给附近农家，过着不学无术的日子。

岩子实在看不下去，为了让这些失去家园的士族孩子再度接受教育，打算创立代替旧会津藩藩校日新馆②的学校。岩子每日前往新政府的民政局，向文官申请开设幼年学校的许可。她认为，至少也得让孩子们好好接受教育。

---

① 板垣退助（1837-1919），高知县人。日本明治维新功臣之一，日本自由民权运动家、日本第一个政党自由党的创立者。伯爵爵位。第十三任、第十七任日本内务大臣。
② 1987年花费总工费34亿日元复原，位于会津若松市河东町。

学校开设问题障碍重重。岩子每天去民政局说服。大约半年后，民政局总算许可岩子开设学校。岩子拜托本来担任日新馆教官的浅冈源三郎当教师，却因政府所决定的会津藩士处分，浅冈源三郎被命与藩主一起前往东京过蛰居生活。

戊辰战争期间，岩子的弟弟和长男都以乡士身份参与了守城战。弟弟脚受枪伤，正在治疗中，但也被处罚到越后新发田藩蛰居两年。长男仅十九岁，或许太年轻，没有遭受处罚，平安回到家里。

岩子为了留住浅冈源三郎，与民政局交涉，说愿意让儿子当替身，好不容易才让幼年学校正式开课。她不但自费建设校舍，也雇了其他教师，让藩士子女免费接受习字、珠算等教育，并利用学校用地，让变成无业游民的旧藩士学习养蚕等技术，为他们打开自力更生的另一扇门。

然而，两年后的明治四年（1871），新政府发布小学条例，岩子的幼年学校被勒令关闭。这家幼年学校耗费了岩子的所有钱财，学校关闭后，岩子一无所有，却毫不气馁。

济贫苦、矫恶习的"佛陀岩"

她于第二年前往东京，在深川一家名为"教养会所"的福利机构，以见习生身份，一边工作一边学习如何营运福利机构、如何保护儿童、如何救济贫民等实际经营法。她打算在东京学会有关福利机构的所有先进营运手法，再回会津拯救陷于荒废及贫困处境的乡亲。

一年后，岩子踏上归途。她花掉所有现金，买了鱼干，沿路一面行商一面北上。回到会津后，住在无主的寺院，开始着手济贫、矫正堕胎恶习等慈善事业，令当地人感激地称她为"佛陀岩"。

岩子打算设立福利机构，但这回的障碍比建设幼年学校时更大，只得先在寺院开了一家裁缝教授馆，教导家贫女子学习缝纫和织布，并为失业者进行职业辅导和咨询活动。

明治二十年（1887），岩子受县知事请求，将住居移到福岛长乐寺附近，活动范围从会津扩大到整个福岛县。岩子大力鼓吹设立福利机构的必要性，并四处宣讲该如何预防因贫困而造成的堕胎恶习，以及该如何救济被父母丢弃的孤儿等方策。

明治二十一年（1888），盘梯山大喷火，五村落十一聚居地遭埋没，遇难者477名。此时的岩子已经60岁，仍赶往现场进行救护活动。明治二十四年（1891）的浓尾大地震时，死者7000多，伤者1.7万多；明治二十九年（1896）的明治三陆地震，海啸摧毁了约9000栋住宅，至少2.19万人丧生……岩子都东奔西跑地在各地召开义卖会和募捐活动，将所有收益和捐款都用在受灾者的救济活动上。

明治二十四（1891）年，岩子在若松、喜多方、坂下设立抚养贫困儿童的育儿会。翌年，在板垣退助的协助下，成立"福岛瓜生会"，第三年又组织以佛教徒为主要成员的"福岛凤鸣会"，为救济贫困者而尽力。

日本首获蓝绶褒章的民间女性，第一座日本女性铜像

明治二十七年（1894），甲午战争爆发，岩子搬到东京下谷，用绷带碎屑织成布分配给士兵家族，或赠送糖浆给战伤医院，依旧忙得不可开交。此外，岩子又改良了糖浆制造法，考察出利用糖糟制作面包和槽糖的方式，为战时食品普及立下很大功劳。之后与台湾民政长官后藤新平①邂逅，策划在全国设置免费诊疗所，又为了在台湾进行慈善事业，送长子前往台湾。

明治二十八年（1895），凤鸣会的育儿部独立，这正是日后的福岛孤儿院。明治二十九年（1896），岩子荣获日本民间女性首获的蓝绶褒章；明治三十年（1897），岩子因过劳而在福岛卧病，并于福岛瓜生会事务所去世。享寿六十八岁。褒章是天皇授予的荣典。蓝绶褒章是授予兴办教育、卫生、生产开发等事业，对公众利益立下显著功绩的人，或在公共事务有显著功效的人。

---

① 后藤新平（1857-1929），岩手县人。台湾总督府民政长官、东京市长、南满铁道会社总裁、外务大臣、内务大臣、日本童子军联盟首任会长。伯爵爵位。

总是站在社会弱者这边，致力于儿童的健全养育，被称颂为"菩萨化身"的瓜生岩子的人生到此闭幕了。卧病在床期间，她不但收到来自各界的慰问信，还收到皇后送来的慰劳品。

岩子的坟墓位于喜多方市热盐加纳町的示现寺。

明治三十四年（1901），东京浅草公园设置了瓜生岩子的坐姿铜像，在面向浅草观音正殿的左手边院子，可以看到一座浮出和蔼笑容的老太太铜像。这正是日本第一座女性铜像。

大正十三年（1924），岩子被追赠从五位。

除了浅草公园的铜像外，瓜生岩子的铜像总计有七座。距离ＪＲ喜多方车站约1.5公里的喜多方市"喜多方藏里"内，另有"瓜生岩子纪念馆"，里面展示有关岩子的所有生前资料。

目前，热盐温泉区仍有"山形屋"，正是瓜生岩子母亲的娘家。现在的女主人瓜生悦子是岩子的玄孙。示现寺则位于"山形屋"徒步约五分钟之处，瓜生岩子的坟墓及铜像均安静地伫立在寺院内。

矢岛楫子

（Yajima Kajiko，1833-1925）

/ 女子学院、日本基督教矫风会创始者 /

楫子的家庭背景

矢岛楫子是谁？

是于日本明治时代初期设立"妇人矫风会"，自己成为第一代会长，而且三十五年期间都为了解放日本妇女而站在第一线的女强人。楫子，本名为"胜子"，生于天保四年（1833），肥后（熊本县）上益城郡，是家里的第八个孩子。

楫子的父亲是统治数十村落的地方行政首长，楫子是第六个女儿，亦是家中排行最小的孩子，因此是"不受欢迎的孩子"。落地后，迟迟没有人为她取名，后来，长她十岁的姐姐才为这个

横井小楠与维新群像。位于熊本城内的千叶城区附近的高桥公园。左一是坂本龙马，左二是胜海舟，中央是横井小楠，右一是松平春岳，右二是细川护久。

幺妹取名为"胜子"。可能因生下来就没有人疼爱，据说小时候沉默寡言，不讨人喜欢，绰号为"涩柿子"。

矢岛家人才辈出。楫子的父亲是肥后藩地方官员，哥哥是横井小楠①的高足弟子，长她十岁的姐姐（第三女）竹崎顺子是创立熊本女子学校的人，其次的姐姐久子嫁给德富一敬②，生下苏峰、芦花这对兄弟。德富一敬也是横井小楠的高足弟子，更是肥后藩的改革核心人物，亦是朱子学儒学者、著名教育家。德富苏峰③是大正、昭和时代的著名思想、评论家，弟弟德富芦花则为明治、大正时代的文豪。

---

① 横井小楠（1809-1869），熊本县人。儒学者、政治家、维新十杰之一。

② 德富一敬（1822-1914），日本儒学者、官僚、教育者。德富苏峰、德富芦花之父。

③ 德富苏峰（1863-1957），熊本县人。政治家、思想家、评论家、历史学家。文豪德富芦花之兄。

至于横井小楠，是明治维新十杰之一，许多日本历史名人都出自他开设的私塾。明治维新的名人以及明治政府的中枢人物，例如坂本龙马①、井上毅②等，经常出入位于熊本市东区的横井小楠住居"四时轩"。名声传遍全国，甚至担任过越前福井藩（德川家康嫡系）的政治顾问。

横井小楠的续弦正是矢岛家第五女，也就是楫子的五姐，因此两家关系非常密切，在当时的肥后国形成最尖端的知识分子人脉。既然父亲是统治数十村落的地方行政首长，当然必须熟知租税、法刑、教育、土木等知识，想必教养文化相当高。

楫子的母亲也是村长的女儿，非常注重家庭教育，亲笔写成《百人一首》《古今和歌集》《三十六歌仙》等手本，当作孩子们的教科书。这与当时的"女子不需接受教育"的风潮背离，因而才会造就出众多杰出女儿吧。

第二人生的开幕

家里女孩太多的话，当户长的人就得为这些女子寻找门当户对的亲事。楫子二十五岁那年，哥哥让她嫁给富豪林七郎。在当时来说，二十五岁初婚算是很晚，而且林七郎已有三个孩子，楫

---

① 坂本龙马（1836-1867），高知县人。土佐藩乡士，维新志士。
② 井上毅（1843-1895），熊本县人。第二任法制局长官、第七任文部大臣。子爵爵位。

子是以续弦身份嫁过去。虽说是续弦，但林七郎是武士身份，就门第来说，比地方长官的矢岛家高一截。楫子为这个丈夫生下一儿二女，但婚姻生活仅持续了八年多，便因丈夫的酒疯性子而离异。

楫子于日后提及这个丈夫时，曾说"这人品格很高，心直口快"，只是每次醉酒后都会耍酒疯，抽出白刃在家里闹得鸡犬不宁。丈夫这个坏毛病，令楫子极端疲累且陷于精神衰弱的状态，最后忍无可忍，带着最小的女儿离家出走。

丈夫遣人来接母女时，楫子毅然剪下扎得整齐的发髻，包成纸包，递给来人，算是向丈夫宣告离婚。这一年，刚好是明治元年（1868），三十六岁的楫子迈出新生的第一步。

当时是不允许女方主动提出离婚的时代，楫子的决断走在时代之前。也因此，楫子受全家族谴责。之后，楫子辗转寄居在哥哥姐姐家，度过数年流浪时光。这时，为明治政府做事、单身住在东京的哥哥病倒，写信回乡吩咐楫子动身前往东京照护。

时代已经改元为明治，社会的一切都如暴风雨般地正在变革中，楫子满怀期待地进京。这正是矢岛楫子步向第二人生的序曲。这一年是明治五年（1872），楫子四十岁。

进京后，楫子为了将来能自己谋生，入小学教员传授所就读。翌年，明治政府施行学制，在全国各地设置小学，楫子通过训导考试，成为樱川小学教师。当时的教员起薪是三元，楫子的薪水是五元，算是破格待遇。这时期，家乡的大姐带着两个孩子，大嫂也带着孩子进京，哥哥家一下子变得热闹非凡。但是，楫子却和住在哥哥家的书生陷入恋爱关系，对方是东北人，比楫子小了将近十岁，在家乡已有妻子儿女。

四十三岁的楫子怀了对方的孩子。

书生要求楫子"一同返回故乡，以妾身份登记户口"，楫子拒绝了。她向学校申请病假，躲在练马村分娩。生下的孩子是个女孩，取名妙子。楫子将这个私生女托付给农家，之后几乎从未去探望过，就那样送给别人当养女。楫子隐瞒着此事，若无其事地继续当教师，甚至终生都隐瞒着此事。死后，才被亲族公布出秘密。

明治十一年（1878）秋天，楫子与美国传教士玛利·楚夫人（Mary T. True）邂逅，自此改变了命运。玛利·楚夫人邀请楫子到明治七年（1874）设立于筑地居留地的新荣女子学校当教师，于是楫子离开住惯的寄宿，到该女子学校就任宿舍舍监。翌年，在筑地新荣教堂接受洗礼。

明治十四年（1881）夏天，楫子成为樱井女子学校的校主（兼任校长和理事长的工作）代理。楫子不制定校规，她向学生说："你们有《圣经》，可以自己管理自己。"明治二十三年（1890），樱井女子学校和新荣女子学校合并为女子学院，楫子被推荐就任第一代院长。此时的楫子五十八岁。

成为学校经营者、教育家的楫子在此仍不驻足，她开始向日本社会的歪风邪气挑战。

设立"矫风会"

这时期恰好是美国南北战争结束，奴隶制度被废止，但是，将青少年也卷入的酒害开始横行，成为新的烦恼。禁酒运动发生自俄亥俄州的一个小村庄，弗朗西斯·乌伊拉德女士（Frances Elizabeth Caroline Willard）将此运动组织化，并在全国展开运动。乌伊拉德女士又于明治十六年（1883）创立"万国基督教妇女禁酒联合会"，并于明治十九（1886）年派出玛丽·莱维特夫人（Mary Clement Leavitt）至日本，当作运动的一环。

玛丽·莱维特夫人在日本演讲时，楫子通过不流利的口译听

左／现在的女子学院中学校、高等学校，位于东京都千代田区。
右／弗朗西斯·乌伊拉德（Frances Willard）

着卖淫、禁酒问题，愈听愈觉得体内涌起一股澎湃热血。

酒，正是让楫子的前半生乱成一团的克星。

埋藏在记忆深处的激情火焰开始燃烧起来。正因为楫子有过丈夫经常耍酒疯的苦涩经验，所以对莱维特夫人宣传禁酒运动的演讲产生很大共鸣。

"女性的幸福必须由女性自己去夺取。"

这句话令楫子如梦初醒。

次日，楫子和莱维特夫人畅谈了一番，决心成立"基督教妇女禁酒联盟"日本分会。如此，明治十九年（1886）十二月，"东京妇人矫风会"成立，楫子被推举为第一代会长。那以后，楫子便将自己的后半生全部投注在矫风会上。

明治二十六年（1893），矫风会发展为全国性的组织，改名为"日本基督教妇人矫风会"，六十一岁的楫子就任第一代会长。楫子于大正三年（1914）自女子学院退休后，便专心致力于矫风会的运动，直至大正十四年（1925）虚岁九十三岁过世之前，始终与矫风会并肩而行。

"矫风会"的活动

矫风会的活动目的是废娼、禁酒、禁烟，但也从事其他各式各样的运动。首先，向明治二十三年（1890）开设的国会提交两大请求：一是"确立一夫一妻制"，一是"取缔海外娼妓"。

日本于明治维新后虽然废止了"妾制度"，但是，现实上的社会风气仍认为拥有妾才是有志气的男人，因而明治政府高官和有钱人都竞相纳妾。此外，有许多贫苦山村的女子被卖到新加坡和东南亚当娼妓，在当时称为"唐行小姐"，亦称"南洋娘子军"。

当局质疑："如果妓女有更生意志，即便仅有一人，矫风会有能力收容并监督这些妓女，让她们从事正业吗？"

基于此质疑，矫风会于明治二十七年（1894）在东京大久保设立了"慈爱馆"，不仅收容娼妓，也收容不良少女以及有酒瘾的少女。此时的楫子已经就任"日本基督教妇人矫风会"第一代会长。

明治三十九年（1906），楫子又向国会提交制定男子通奸罪的请求。楫子的行动背面，始终与过去两个男人的惨痛经历有关。

大正五年（1916），楫子又设立了"海外妓女防止会"，除了致力防止女子人身买卖，更派遣会员前往海参崴、哈尔滨、釜山等地进行妓女的实况调查，并派人到妓女的主要出生地的九州岛天草、岛原进行调查。

然而，这类废娼运动通常进行到再进一步就成功时即毁于一旦。几次败北后，楫子痛感到这一切都因为女性缺乏政治权力才会导致失败，于是开始推进妇女参政权的要求。

大正十一年（1922），楫子组成"日本妇女参政权协会"，翌年十二月又组成"妇女参政权获得期成同盟"。

宛如神话中的不死鸟

楫子于大正三年（1914）辞去女子学院院长职位后，便住进矫风会事务所，在北海道至九州岛东奔西走，进行支部组成的演讲。七八十岁时更不辞辛劳地四次飞到海外。第一次是明治三十九年（1906），美国波士顿召开第七次"万国基督教妇女禁酒联合会"大会时，楫子已经七十四岁，这时会见了罗斯福总统。第二次是大正九年（1920），为了出席第十次大会而赴欧；翌年春天，前往中国东北、朝鲜组支部；同一年秋天，再度赴美。

身边的人担心将近九十岁的楫子如此频繁出国，恐伤身体，楫子却答说："天堂和日本与美国的距离都一样吧。我虽然听不懂英语，但上帝会听到我的日语祈祷。"

楫子宛如不死鸟，即便八十多岁也仍站在运动的第一线指导年轻世代。她不像其他同年代的新女性那般华丽，甚至可以说很不起眼，却顽强地不仰赖男人也不仰赖孩子，只凭自己的信念活出她的人生。

德富苏峰对自己的姨妈的评语则相当犀利："富有统治能力""说是受人敬爱不如说是受人畏惧""好像用理智凝结而成的人""目中无人""不把人当人看"。

楫子的秘密

楫子过世后不久，外甥德富芦花即在《妇女公论》发表了一篇《献给留下两个秘密去世的姨母灵前》文章。文中提到，德富芦花夫妇于大正十一年（1922）秋天，久违十年去拜访楫子时，曾要求楫子在过世之前一定要向世间公开隐瞒许久的所有秘密。楫子听后，似乎极为不安，考虑了一会儿才答说："我很感谢你已经知道我的秘密，但我的事，我自己会处理。"

标题的"两个秘密"，一是楫子抛弃两个孩子离家出走的事，另一是与有妇之夫生下一个孩子，并抛弃了那个孩子的事。"所有秘密"的意思是为了隐瞒这两件事而编织出的一切谎言，也就是说，直至芦花逼迫姨母坦白一切之前，只有一小部分亲属知道楫子的过去，周边及世间人完全被蒙在鼓里。

芦花于姨母过世不久便公布出这样的八卦及批评，似乎有点不公道，但这也表示，楫子于生前可能粉饰了太多事。芦花在姨母过世后才公布，应该是看在亲戚关系上，给姨母留住面子。

芦花并非在责备姨母的过去，而是在指责姨母以众多谎言掩盖自己的过去。他不能原谅的是，姨母楫子执拗地拘泥于地位和名声，持续几十年以谎言欺瞒了周边的人和世间这件事。哥哥德富苏峰更在楫子的葬礼公开朗读如下的悼词：

> 不知为何，我从小就很讨厌这个姨母。而且在长久岁月中，一直秉持严正批评家的态度观察着姨母的一切。在我至今为止遇见的所有人之中，不问男女，像姨母这种不把人当人看的人还真是少见。

苏峰和芦花这对兄弟失和多年，但是，他们对楫子的评价却不约而同。

其实，楫子在芦花夫妇前来说服后，终于下定决心，向矫风会干部（日后就任会长）久布白落实①忏悔，并委托她笔记口述。久布白落实是楫子的姐姐久子的外孙女，也是苏峰和芦花的外甥女。

对久布白落实来说，虽然第一次听到事实，却也难以饶恕楫子的欺瞒。只是，公开的话，恐怕会令楫子名声坠地，更会影响到矫风会的活动，因此，久布白落实也隐瞒了事实。

楫子于明治十七年（1884），因回到家乡的哥哥病倒，将哥哥的孩子四郎带到东京，让他住在宿舍。顺便趁机领回一直弃置

---

① 久布白落实（1882-1972），熊本县人。女性解放运动家。

于家乡的最小的女儿达子，并领回之前送给农家当养女的八岁私生女妙子。可是，楫子却向四周人说妙子是孤儿，并让妙子称呼她为"老师"。不知情的人会认为楫子有颗菩萨心，领养了无父无母的孤儿。

妙子比楫子早死，所以她一直不知道自己的父母到底是谁，更做梦也不会想到她感恩戴德的"老师"竟是亲生母亲。可是，不知是不是母女同命运，妙子也在婚后闹出婚外恋事件。另一方的达子似乎知道楫子是自己的亲生母亲，却不知道同住的妙子是同母异父的妹妹。

久布白落实于楫子过世两年后才公开楫子的告白忏悔笔记。笔记中记述着妙子是年轻时与书生做错事而生下的私生女，而且也记述了妙子的婚外恋事件。最后以"我们并非坚强才设立了妇女矫风会，而是因为软弱，正因为太软弱，为了减少人在行路时的诱惑，为了可以让人更顺利地走在人世而设立"这段文章收尾。

到底是时代造就了矢岛楫子这位女强人，或是酒狂丈夫以及年轻书生令楫子丧失了母爱？事到如今，似乎已经无法寻得答案了。

高桥阿传

（Takahashi Oden，1850–1879）

/ 日本最后一名斩首受刑者 /

明治一代的毒妇

以"稀世毒妇"之名留传至今的高桥阿传，被捕两年后，于明治十二年（1879）一月三十一日，在东京市谷监狱落下了她的人生帷幕。她是日本刑罚史上最后一名斩首受刑者，得年三十。

"明明是个男人，胆子真小。看看我！"

阿传在刑场甚至口齿锋利地如此斥责先一步被斩首的男人。

刽子手是著名的"斩首浅右卫门"第八代山田浅右卫门的弟弟吉亮。轮到阿传时，由于她不停扭动身子，呐喊着情夫小川市

《高桥阿传夜叉谭》插图

太郎的名字，导致斩首技术高超的吉亮竟失手了两次，第三次才斩下阿传的头颅。

"山田浅右卫门"（Yamada Asaemon）是日本江户时代大名及武士门第的御用刀剑试斩者兼处刑人，名字为世袭制。能让斩首高手失手两次，可见阿传当时肯定狂乱得像只疯狗。

同年二月十二日的《东京曙新闻》，刊载了阿传的解剖验尸报告，曰："关在监狱三年，丝毫不减其壮硕身躯，肥肉

后藤吉藏，新富座舞台剧《其名高桥毒妇小传，东京奇闻》海报。 明治十二年（1879） 丰原国周（1835-1900）画 早稻田大学演剧博物馆所藏

油浓……"

阿传杀害日本桥的古物商后藤吉藏事件，发生于明治九年（1876）八月二十七日上午七点左右。

"我有事先回去。我丈夫脾气不好，麻烦你们不要唤醒他。"

一名女子如此交代女侍后，留下昨晚与她一起投宿的男人，离开东京浅草御藏前片町（台东区藏前）的丸竹旅馆。

到了中午，旅馆房间的男人仍不起床。

女侍觉得很奇怪，到房间查看，翻开被褥，只见男人被剃刀割断喉咙，躺卧在血泊中。警察接到旅馆通报后，立即制作通缉告示，四处分发。之后有人告发阿传行踪，警察在阿传居住的京桥、新富町一带仔细搜寻，终于逮到阿传。

从小就寄人篱下

阿传生于嘉永三年（1850），家乡是上野国（群马县）利根郡下坂村。据说母亲被某藩国家老（首席家臣）看中，事后又遭遗弃，之后怀着身孕嫁人。阿传两个月大时，父亲便将她送给别人当养女。母亲则遭丈夫休妻，不久就过世。

阿传十四岁时，因养父母推荐，与村内某个勤于干活的男子结婚。可是，阿传不喜欢这个丈夫，一年多后离婚。十六岁时，又与村内的高桥波之助结婚，然而，厄运正自此接二连三发生。

高桥夫妻俩感情很好，是村人羡慕的理想鸳侣，不料，婚后一年，悲剧便来袭。波之助患上在当时普遍认为是绝症的汉生病（癞病）。由于当时没有所谓的人权意识，夫妻俩受到全村人都与其绝交的歧视。尽管如此，阿传仍无微不至地照顾丈夫。

所有财产都花光后，二十岁的阿传终于下定决心离开村落，于明治四年（1871）年底，带着丈夫前往新天地东京。阿传打算去横滨向名医詹姆斯·柯蒂斯·赫本①求救。

两人最初寄居在阿传的同父异母姐姐家，后来又搬到横滨。阿传为了挣治疗费和生活费，起初当女佣，不久成为流莺。

也就是说，阿传并非自甘堕落，她是为了医治丈夫的病，不得不站在街头拉客。赫本的诊所全部免费，阿传把钱都花在昂贵的民间中药偏方。

然而，所有治疗均无效，丈夫于明治五年（1872）九月去世，此时的阿传二十一岁，命运竟随之一路狂跌。

强盗杀人罪？或为姐姐复仇？

失去心灵支撑且身心交瘁的阿传，为了喘一口气，委身为东京某生丝商小妾。几个月后，恢复健康的阿传又离开生丝商身边，打算自己做茶叶掮客。这时，她认识了小川市太郎。

小川长得俊俏，脾气很好，却是个懒汉。阿传没有和小川同居，她为了茶叶掮客生意，经常东奔西走，有时回来和小川住一起，有时又背着背袋出门做生意。

当时和阿传有生意往来的人，日后在法庭证言阿传穿着朴素，外观不起眼等，有些人甚至没有留下任何深刻印象。这也表

---

① 詹姆斯·柯蒂斯·赫本（James Curtis Hepburn, 1815-1911）美国宾夕法尼亚州人。日本江户时代，美国长老会派到日本作医疗及传道的宣教师。现时最普遍的日语拉丁拼音方法平文式罗马字（又名黑本式）就是由他所创。

上／东京都荒川区回向院的高桥阿传墓碑
下／东京都立谷中灵苑高桥阿传墓碑

示，阿传在做生意时，完全没有利用任何女人的武器。

明治九年（1876）八月，二十五岁的阿传因生意失败，生活跌入谷底。据说，小川市太郎是个吃软饭的家伙，他的生活费及所有欠债都是阿传在支付。

阿传经人介绍，向古物商后藤吉藏借钱，结果对方说，只要阿传愿意陪睡，他愿意出钱。

这个名为后藤吉藏的男人，其实是阿传的同父异母姐姐的丈夫。阿传在生丝商身边当小妾养病期间，姐姐家的房东遣人带来口信，说阿传的姐姐趁房东不在时擅自搬家。阿传到姐姐家查看，姐姐行踪不明，家里空无一物，姐夫也不知去向。

也就是说，阿传经人介绍而认识的古物商后藤吉藏，正是四年前失踪的姐夫。四年后，阿传再度见到这个姐夫时，对方不但改名换姓，更另结新欢，唯独姐姐就那样离奇失踪了。阿传坚信姐姐遭后藤吉藏杀害，但是，这些供述于日后全被法院否定。

八月二十六日，阿传为了打听姐姐去向，同吉藏在东京浅草藏前片町的旅馆"丸竹"度过一晚。八月二十七日早上，阿传独自一人离开旅馆，吉藏死在旅馆房内。

由于阿传离开旅馆时，夺走吉藏钱包里的钱，两天后，阿传被捕时，罪名是"强盗杀人罪"。

死后成为媒体的炒作商品

明治十二年（1879）一月二十九日，东京法院判阿传为死刑；三十一日，在东京市谷监狱，由第八代山田浅右卫门的弟弟吉亮负责执行死刑。

明治政府于明治三年（1870）公布将以绞刑替代现有的斩首死刑执行法，并于明治六年（1873）制定绞罪器械图表，将"勒死"改为落下式的"吊死"。也因此，当时被宣告死刑的罪人，可以选择斩首刑或绞刑。

阿传选择了斩首刑。

但是，阿传在刑场因为没看到养父和情夫小川市太郎的身姿，疯狂扭动全身挣扎，大喊大叫市太郎的名字。为此，吉亮失手了两次，第三次才成功斩下阿传的头颅。

阿传的苦难并没有随她的死而结束。

死刑执行后不久，通俗小说作家仮名垣鲁文编著的《高桥阿传夜叉谭》全八篇合卷上市。

据说这套有插图的合卷书在短短两个半月制成，这在当时的木版印刷界算是空前未有的火速记录。书中让多数虚构的赌徒角色登场，并形容阿传为"脂膏多、情欲深"的女人。

阿传便如此被打造为"妖妇""毒妇"形象，随着当时刚传入日本的西方文明印刷技术，大量打印，传遍日本的大街小巷。

仮名垣鲁文深知文明开化期的读者偏爱煽情内容的心理，遂以至今为止被压抑的女性欲望为主题，创作了"毒妇高桥阿传"形象。之后，其他戏作者也跟风出版了《其名高桥毒妇小传，东京奇闻》全七篇合卷。四个月后的五月，新富座剧场也上演了毒妇高桥阿传的舞台剧，叫好又叫座。

"明治一代毒妇"的阿传形象便如此形成。

至于阿传的真实面貌呢？读者根本不关心也无所谓。据说，阿传的情夫小川市太郎曾对饰演阿传的歌舞伎演员说：

"她很顺从，做事规规矩矩，不知情的人会以为她是士族的妻子。"

看来，阿传不过是生活在底层社会的不幸女性之一而已。

日后，仮名垣鲁文在报纸向读者（或向阴世的阿传？）公开谢罪，承认取材不足与事实误认。著名的歌舞伎狂言作者河竹默阿弥也写了有关阿传的剧本，但人家至少用假名以掩人耳目。

日本著名小说家山田风太郎曾批评道："阿传只杀了一个人，而让她成为稀世毒妇的人正是仮名垣鲁文。"

不知是不是噩梦做太多，仮名垣鲁文于阿传死后第三周年忌辰的明治十四年（1881），向相关人员展开募款活动，再以小川市太郎的名义在东京都立谷中灵苑为阿传修建了一座坟墓。

这座坟墓虽然没有遗骨，但墓碑后刻着八十多名捐款人名字。其中，不但有出版社和报社，也有新富座等著名歌舞伎演员，以及打鼓说书人和说书艺人，甚至连日本桥的花柳界也来凑热闹。这些人都因为高桥阿传而赚了一把大钱。

只是，这也不能怪当时的媒体和炒作的演艺人，完全是时代使然。

江户时代的绘本小说便有"毒妇"一词，而杀死男人的"毒妇"比只玩弄男人的"恶女"更具有煽情作用。文明开化的明治时代初期，报纸逐渐蜕皮为以报道事实为主的媒体，但承接江户时代的"实录"绘本仍是最受欢迎的通俗读物，出版界及演艺圈若想大捞一笔，只能将阿传升级为"毒妇"。

换句话说，"毒妇传说"是明治时代媒体近代化过渡时期的产物。

小川市太郎的下落

阿传被处刑后，警视厅第五医院负责解剖遗体。

据说，当时的相关人员将阿传的阴部标本保存下来，之后移至东京大学医学系，战时又交由陆军医院保管。事实如何不得而知。阿传的头颅则制成骷髅，日后成为浅草区某中医的收藏品。

遗体以罪人身份葬在小冢原刑场的回向院。回向院是专门埋葬罪犯的寺院，当时有许多政治犯也埋在此地，因而没有特别区分哪个地方埋的是谁，亦没有墓碑。现在的回向院有各种墓碑，都是日后重建的。

十年后的明治二十二年（1889）三月，有一名云游僧前往浅草拜访收藏阿传骷髅的中医。云游僧自称俗名是小川市太郎，听说医生收藏了阿传的骷髅，迢迢千里赶来，只为了见一眼阿传的骷髅。

原来小川市太郎曾被怀疑是共犯，入狱了一阵子，后来当局查出小川确实和罪行无关，又释放了小川。

小川市太郎向中医说，他和阿传的养父最后一次到监狱与阿传会面时，阿传似乎已经明白自己不久后将离开人世，涕泪交流地要求养父和市太郎于处刑当天一定要来见她最后一面。两人都点头答应了。

但是，不知为何，传讯人传错了处刑日期，晚了一天。市太郎和阿传的养父赶到刑场时，阿传已于前一天被斩首。两人恳求相关人员让他们收尸，但阿传的尸体也在斩首后即移交警视厅第五医院。

医生听了云游僧的说明，才理解阿传于斩首前陷入疯狂状态的理由。医生取出骷髅向云游僧解释，由于阿传狂喊着市太郎的名字，导致浅右卫门第一刀没有砍掉头颅。骷髅后头部留下的斩伤痕迹，正是证据。

医生又劝解云游僧："世间人称阿传为毒妇，但她的遗体完成医学上的贡献，也留下骷髅让人进行医术研究，值得称她是个善良女子。请你尽量为她吊祭，让她下辈子活得好一些。"

云游僧向医生郑重致谢后，告别离去。

自此以后，便没有人知道小川市太郎的下落。

荻野吟子

（Ogino Ginko，1851–1913）

高桥瑞子

（Takahashi Mizuko，1852–1927）

/ 日本最早的女医师 /

日本明治时代仍存在着强烈的"女性不适合学问""专职不能起用女性"等偏见，当时的女性若打算以高度学问技术自立，都必须行走一条现代女性无法想象的荆棘路。

特别是女性医师，这是当时的女性做梦也想不到的事。政府没有让女性接受国家考试的制度，教育设施也毫无接纳女性的准备。亲身闯关，披荆斩棘，为日本女性开拓出女医师之路的人，正是荻野吟子和高桥瑞子。

明治十年（1877）西南战争时，在大阪陆军临时医院实施的下肢切断手术。抬着脚的人是下士官，其余都是军医。中央手持手术刀的人是石黑忠惠，当时任职军医监，亦是大阪陆军临时医院院长。　宫廷画家五姓田芳柳（1827-1892）绘

荻野吟子：女医师执照第一号

日本女医师执照第一号的荻野吟子，出生于1851年，父亲是埼玉县大里郡村长。吟子在七个兄弟姐妹中排行老五，少女时代即沉迷于学习，跟着儒者学习汉学，是个才媛。

吟子是美人，个性坚强，十八岁时被当地世家儿子看中而出嫁。这个丈夫于日后成为地方银行总裁，算是能干男人，双方门第也相称，在旁人看来，是理想夫妇，但是，丈夫年轻时是名浪

荡子，竟让年轻妻子感染了性病。吟子一直陷于疼痛与排脓的病苦中，最后又被夫家以"健康状况不佳，不能生孩子"为由赶出门，婚姻生活仅维持了两年。

现代女性即便患上性病，只要早期接受适当治疗，通常可以痊愈，但在明治时代初期，性病是不治之症。吟子前往东京，住进顺天堂医院，接受了约一年痛苦治疗。所谓"痛苦"，是指每次接受治疗时，都必须在男医面前暴露私处的屈辱感。

吟子心想，同性中一定有许多怀着同样苦恼的人，说不定也有人为此而自杀。她一面接受治疗，一面萌生干脆自己成为女医以挽救同性患者的想法。无论如何，女医绝对是必要的存在。

想当女医的决心一年比一年坚定，二十三岁的吟子终于说服周遭所有反对者，于明治六年（1873）进京。她虽然成为东京著名国学者的门生，不料，竟因美貌而被老师求婚。发誓贯彻初衷的吟子，以暂时先前往甲府（山梨县）当教员为借口而逃脱，接着搬到甲府私立女子学校，成为教师兼舍监。

明治八年（1875），东京女子师范学校（御茶水女子大学）开课，吟子再度进京入学。四年后，以第一届首席毕业生身份毕业。

从东京女子师范学校毕业后，吟子打算继续到医学院进修，可是，无论哪里均禁止女子入学，所有医学院都拒绝她的入学申请。吟子向教授诉说立志当女医，通过教授介绍，好不容易才和陆军军监医会面。在军监医的斡旋下，总算进入东京下谷（台东区）一家名为"好寿院"的私立医学院旁听。"好寿院"是当时日本民间唯一的医学院。

这时期，由于老家生计不如从前，汇款不是很充分，不够付学费，吟子只能一面打工当家庭教师，一面上学。又因为老是遭男学生调侃和白眼，在医学院的三年期间，吟子始终穿着窄袖上衣、男裤裙，脚上是一双高齿木屐，并把头发捆起，打扮得和男学生一模一样。

被前夫传染的性病演变为慢性病，她是在经常发烧和性病再三复发的处境下完成学业。

真正的难关在毕业后来临。

左 / 晚年的荻野吟子
右 / 埼玉县熊本市荻野吟子出生地纪念馆的铜像

要成为一名医师，必须通过医术开业考试取得国家执照。然而，当时的制度仍未准许女性应考。纵令吟子多次提交国家考试申请书，也都以"女子不准应考"之由被驳回。身体本来就不结实的吟子，因心痛而瘦得皮包骨。

吟子当家教的学生家长中，有一位名为高岛嘉右卫门的实业家，是日后的日本"高岛易断"创始人。他目睹吟子的辛劳，最后看不过去，用各种方法说服了当时的卫生局长，终于准许吟子参加考试。

明治十八年（1885），三十五岁的吟子总算考取了医师执照。

日本第一位女医师便如此诞生。

为了爱情，宁可抛弃名声与事业

考到执照后，吟子立即在东京本乡开了一家诊所，生意很好。因为是极为罕见的"女西医"，在当时脍炙人口，患者连日拥来，特别是妇产科患者，与日俱增。吟子又将诊所迁移到下谷西黑门町，经营顺利。通过《女学杂志》等媒体极力宣传，吟子不仅是女医师，也成为响叮当的知名人士。

她不但就任妇女团体理事，也受明治女子学校聘为校医，并在学校讲授女子生理卫生科目，甚至成为妇人团体干部。

倘若就这样发展下去，即使医业以失败告终，吟子也能以妇女团体名士身份获得成功。但是，五年后，四十岁的吟子竟爱上一名年龄比她小的学生，并与对方结婚。此后，吟子的命运便开始走下坡。

之所以说吟子的医业以失败告终，是因为尽管开业当初受报纸和杂志大加赞扬，上门来的患者很多，但当时没有健保，中产阶级以下的人通常不会找医师看病。那时代的人，生病时都找巫师或仰赖民间偏方，只有中产阶级以上的人才付得起拥有国家执照西医的昂贵医疗费。而付得起医疗费的人也信不过女医，或许会因一时好奇而前往吟子的诊所看病，但热潮过后，他们又会回到由男医负责诊断的医院。

总之，四十岁的吟子爱上一名二十六岁的同志社大学学生。

对方名为志方之善，熊本县人。在这之前，吟子已经接受基督教洗礼，志方也是虔诚基督教徒，两人谈得拢。即便年龄相差很大，两人仍不顾四周人反对，毅然结婚。

志方的梦想是在北海道创造一个理想村，终生为传道而活，吟子也赞同。

明治二十九年（1896），吟子抛弃医院和社会地位，辞去学校工作，并借了一大笔钱前往北海道。

随丈夫远渡北海道利别原野的吟子，在当地开了一家诊所，并开办主日学，生计很苦。十一年后与丈夫死别，再次撤回东京，在江东区新小梅町开业。数年后的大正二年（1913），因脑溢血而过世。享寿六十三。

葬礼时，女子师范学校同窗和后辈女医师，总计五十余名出席悼念这位"风雪之人"。

高桥瑞子：为了生计当女医

荻野吟子基于拯救同性的使命感，立志当医师，但第三号考取医师执照的高桥瑞子，则是为了生活而当女医。

吟子披荆斩棘为日本女性开了一条医业羊肠小道，拥有巾帼英雄气魄的瑞子则将这条小径开拓为人行道，让后辈走得顺利一些。

高桥瑞子的一生也很惨烈，可以说是一路浴血奋战。

1852年出生于三河（爱知县）幡豆郡的高桥瑞子，父亲是在君主四周担任警卫任务的精锐骑马武士家臣。九个兄弟姐妹中，她是最小的孩子，十岁时失去双亲，由长子夫妇抚养，自小便饱受欺凌，过着仰人鼻息的日子。

瑞子不同于吟子。她身材臃肿，眼睛和鼻子都很大，容貌近似男人，因此一直没有人来提亲，错过了婚期。明治十年（1877）左右，住在东京的姑母收她为养女，让她和养子结婚。姑母是财主，但非常吝啬，经常虐待瑞子，甚至不给饭吃。瑞子忍耐了一年，终于出奔。

其实，在瑞子的一生中，到此为止的经历完全没有被证实。她自己于生前也不想说。一般说来，个性不输男人且思想开放的女子，在获得成功之后仍想隐藏自己的前半生经历的话，表示那段经历确实痛苦得令人说不出口。

与校长直接谈判

当时的女性若想自力更生，只能当产婆。瑞子透过相识医师介绍，于明治十二年（1879）拜津久井矶子为师。津久井矶子是东京府立产婆教授所第一届毕业生，当时担任"群马县产婆会"会长，丈夫是产科医师。

"济生学舍"校长长谷川泰

瑞子住进津久井产院拼命学习。矶子认为瑞子很优秀，个性又坚强，打算培育成自己的继任者，帮瑞子出了学费，让瑞子进入东京私立产婆学校"红杏塾"正式学习技术。"红杏塾"塾长是津久井矶子师事的产婆教授所教授。

明治十五年（1882），三十岁的高桥瑞子自"红杏塾"毕业，获得产婆资格。但是，她在学习期间，将志愿改为医师。这是因为津久井矶子的丈夫是妇产科医师，瑞子在津久井产院得知妇产科医师和产院产婆的差异，并学习了二者的相异诊疗过程。

瑞子和其他两名同样立志成为医师的女同窗，特地拜访当时的日本内务省卫生局长，恳求允许女性参加医术开业考试。无奈当时仍未准许女性应考。荻野吟子是三年后的明治十八年（1885）通过后期考试，取得医师执照。

高桥瑞子不屈不挠，她通过产婆的工作赚学费，不久住进西洋医学家开办的大阪医院，接受内科、外科、妇产科的实地进修。不过，学费仍无法持久，只得再次返回群马县前桥挂起产婆招牌。

明治十七年（1884），荻野吟子通过医术开业前期考试，报纸争相报道。瑞子的"红杏塾"同窗之一虽然没有考取执照，但也参与了考试。瑞子看了新闻报道后，马上收起产婆招牌，动身进京。可是，所有医学院都不接受女子入学。

当时，东京本乡有一所私立医学院"济生学舍"①，男子可以免试入学，女子不行。

瑞子心想，女子都可以参加国家考试了，为什么没有学校愿意让女子入学？只是，她不像吟子那般有高官人际关系，只能徒手空拳来个硬碰硬。她在校门前站了三天三夜，终于抓住校长长

① 创立于1876年，是日本历史最悠久的西医学校，现在的日本医科大学前身。

谷川泰①，与校长直接谈判。

学校方面当然不可能立即允许女子入学，瑞子不死心地再三催促，校长仔细考虑后，总算答应愿意修改规则，好不容易才让瑞子入学。此时的瑞子三十三岁。

"济生学舍"创设于明治九年（1876），是日本第一家私立西医医学院。明治十六年（1883）时，学生数增至484名；翌年三月，以"东京医学专门学校济生学舍"之名，向政府申报并获得官方承认，同年十二月，首次允许女子入学。高桥瑞子正是第一号女子医学生。

之后，"济生学舍"在十七年期间培育出130名女医。著名的毕业生有一千日元纸币肖像的野口英世（1897年毕业，日本医学士、细菌学家）、东京女子医科大学创立者吉冈弥生等人。直至停办学校的28年期间，总计培育出约9000名西医。

卖被褥到医院实地进修

瑞子千辛万苦进了医学院，每当学费不足，她就利用原有的产婆职业帮人接生赚钱。其实这些都不算什么，对瑞子来说，最痛苦的是男学生的妨害。每次进入教室，男学生就会全体用脚打

---

① 长谷川泰（1842-1912），新潟县人。幕府末期为越后长冈藩（长冈市、新潟市）军医，明治维新后创立"济生学舍"。曾任内务省卫生局长、众议院议员。

拍子，再哄堂大笑。有时甚至在黑板公然写上诽谤言词。瑞子只能默默无言承受一切屈辱。

由于授课老师都是兼职讲师，早上六点就开始讲课。为了确保好座位，学生必须在五点上学。瑞子通常在四点半起床，连照镜子的时间都没有，抓起装着课本及笔记本的包袱，系在脖子后便摸黑上路。她从上野步行到本乡，通常第一个进入教室，坐在最前面的席位。

夜晚七点过后放学。放学后，不但要复习，还要做打工的代笔工作。困了时，趴在桌上睡觉；醒来时，继续啃书。

明治十八年（1885），瑞子通过医术开业前期考试，但后期考试有临床测验，必须到医院实地进修。幸好顺天堂医院院长的侄子住在瑞子寄宿处隔壁，通过侄子介绍，瑞子去见了院长。

院长看到瑞子身上的褴褛服装，当下就说"不用缴每个月的学费"，但希望瑞子缴纳5元，当作入学费。5元大约是养蚕男工一个月的月薪。瑞子心想，反正夜晚几乎不在被褥睡觉，于是卖掉家里仅有的一套棉被，缴纳了入学费。

这时代立志当女医的女子，饱尝了现代人无法想象的辛酸。据说，男学生往往独占解剖标本，不给女学生看，女学生只能在夜晚前往坟场，仰赖灯笼亮光或月光，搜集骨头带回家当作学习用标本。

换言之，女医候补者所面临的困难，并非学习本身，而是周遭的恶劣环境。也因此，比瑞子晚四年毕业于"济生学舍"的吉冈弥生，在明治三十三年（1900）创立了日后的东京女子医科大学。

最后一滴血也奉献给医学

总之，瑞子于明治二十年（1887）三月，比荻野吟子晚了两年，考取了日本第三号女医执照。此时的瑞子，三十六岁。

考取了执照后，瑞子立即在日本桥鱼河岸附近开业。她身穿绣着家徽的黑和服，肩上披着披风，女扮男装地乘人力车出诊。日本桥鱼河岸那一带是庶民商业区，居民都称瑞子为"了不起的女医师"。瑞子身材本来就高大，确实很适合女扮男装。

诊所经营还算稳定，可是，有一天，逐户上门调查户口的警察，以傲慢无礼的态度要求检查执照。前面也说过，日本初期的女医诊所很难取得患者信赖，瑞子大概也明白这点，于是决心出国留学镀金。

三年后的明治二十三年（1890）四月，她果然从横滨启程，前往德国留学。然而，抵达柏林后，柏林大学也以"不收女子"为由，拒绝瑞子入学。所幸寄宿处女主人到处托人从中斡旋，最后以客座身份入学。瑞子在柏林大学努力用功学习，不料竟伤到身子而咯血，大约一年便又回国。

在柏林大学以客座身份学习的高桥瑞子

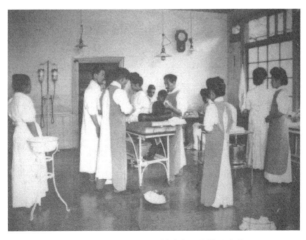

明治三十九年（1906）某矿山医院的手术房

回国后，瑞子回到老地方的日本桥再度开业。这回的头衔不再是"了不起的女医师"，而是"从德国归来的女医师"，身价百倍，不可同日而语。

据说，瑞子的诊所经常收留着四五名学生。由于瑞子个性胜似男子，既抽烟也喝酒，更爱下围棋，因而学生并不限女子，男学生比较多。

荻野吟子过世后不久，瑞子也卖掉医院歇业了。歇业之前，她就经常说，"年纪大了后，很容易发生误诊，六十岁时，我要毅然退休。"瑞子说到做到，退休后的余生都花在创作和歌等文学方面。

昭和二年（1927），瑞子七十六岁时病逝。

她在生前便嘱咐好友吉冈弥生，说死后将提供遗体当作医学研究用。东京女子医科大学果然按照遗嘱解剖了瑞子的遗体，并将骨头存放在玻璃柜里。

高桥瑞子于逝世后仍将自己的最后一滴血、最后一根骨头都奉献给医学，不愧是个"了不起的女医师"。

下田歌子
（Shimoda Utako，1854-1936）

/ 日本明治时代宫廷的紫式部 /

纵横捭阖一女杰

在日本女性史中，鲜少见到如下田歌子这般具有非凡器度的
女人。

虽然不知真伪，她的男性关系也始终是众矢之的，而且以明
治政府的大臣元老为首，这些男性均为当时的第一流大人物。换
个角度来说，她是个和当代众多杰出男人站在同一个舞台上，对
等逐鹿争霸的女杰。或许她只是夹在众多狡猾的宫廷政治家中，
利用了这些当代第一流男性，纵横施展她的才干而已。但是，她

是个美丽的女中丈夫倒是事实。

　　歌子完成的第一件伟业，是确立了崭新的明治宫廷皇族、贵族的子女教育。当时的明治政府新体制，基础软弱，为了让国民理解何谓"中央集权"，最迫切的任务就是抬高皇室以及守护皇室的贵族阶层权威。这种权威不能空有威势，必须伴随实力。明治时代初期的女子教育理念确实令人钦佩，但民间没有任何人将此理念与培育皇族、贵族子女的必要性结合一起。歌子精彩地完成了这项重要事业。

　　之后，歌子前往欧洲留学两年，亲身体验了民主主义世界的女性实力。她得天独厚的资质正是强烈的感受性、观察力以及吸收能力，因此，皇室中心主义的她，虽然无法理解何谓民主主义，但她看清了协助男性支撑西欧先进社会的女性能力源泉。那

《传闻民之喜》（西南战争）中宫廷女官的服装　丰原国周（1835-1900）画

正是提高女子教育水平，让女子的才智及行动力也发挥在社会生活中。歌子不但明白了女子能力是改善社会的要素之一，也领悟到在加强国力发展方面上，女子能力很重要这件事。

站在现代女子立场来看，可能会觉得这么个具有多项天资的女子，终生只为皇室卖力，似乎很可惜。然而，我们也必须考虑到时代背景。我个人认为，若没有下田歌子这位全心全意为皇室尽力的人物，明治政府可能无法立足。正因为歌子发现女子教育水平对国家发展非常重要，于是在后半生将所有精力倾注于中产阶层老百姓的子女教育，她这个着眼点确实超群出众。可是，她一生的事业始终环绕在以皇室为中心的国家。

生前的歌子享有一般女子做梦也梦想不到的赞美与羡慕眼光，但也饱尝了指责攻击。这大概是她的宿命。毕竟无论少女时代或明治宫廷的女官时代，君临贵族女子学校的时代或与宫廷政治家的交流时代，甚至是后半生经营实践女子学校的大众教育家时代……她在每个舞台都发挥了其天赋才智，演出令人瞠目结舌的精彩场面。

小时了了，大定必佳?

下田歌子，幼名平尾铯，安政元年（1854）旧历八月生于现在的岐阜县惠那郡岩村町。明治五年（1872）十八岁时入宫当女官，不久，在宫中作的一首和歌受皇后赏识，被赐予"歌子"之名。二十五岁时与下田猛雄结婚，改姓下田。

她父亲是统治岐阜县岩村周边的岩村藩藩士，家里有个小她六岁的弟弟。父亲是藩中的激进尊王派。安政五年（1858），幕府镇压尊王攘夷派的"安政大狱"时，她父亲也遭牵连，被处蛰居幽闭刑。

当时大约五六岁的歌子，拼命储存小孩玩具的一分银和二分金，祖母发现此事，责备她"身为武士的女儿，不该玩蓄钱游戏"。歌子竟回说，"我打算将这笔钱送给官员，请他们饶恕父亲的罪"。原来歌子听了其他大人说，"即便是性命，只要有钱，什么都好办"，才兴起存钱念头。虽然存的是小孩玩具，但由此也可看出她在五六岁时便极为精明能干。祖母教训她，向官员行贿是不正当行为，并没收了她辛辛苦苦存下的钱。

歌子是个胜似男子的女孩。她在某些猛将名将传记中，读到"小时候就习惯提沉重东西的话，长大后可以成为大力士"这段故事，竟每天躲在神社后练习抛石头。待她渐渐能投掷大石头时，某天，朝豆旱田扔出一块石头，折断了树枝，遭田主追赶，在灌木丛中落荒而逃。她日后说，想成为大力士的目的，是考虑到如果蛰居中的父亲遇险，她可以用自己的力量拯救父亲。

六岁那年春天，歌子央求母亲给她做五月男儿节的鲤鱼旗帜。她向母亲诉说想成为男人。母亲告诫她，"女人也可以如男人那般成为优秀、受人尊敬的人"，听了母亲的训斥，她开始致力勤学。当时的平尾家穷得三餐只能吃酱菜和土豆，靠变卖家当过日子。歌子正是在这种环境中沉湎于阅读。"四书五经"、《水浒传》《太平记》……家里有什么书，她就读什么书。只要看她在六七岁时作的和歌或汉诗，即能明白她确实是个聪慧早熟的孩子。例如五岁时作的五言诗：

　　无声雨若丝

　　春昼湿若枝

　　默坐闲亭上

　　窗间啼鸟窥

　　七岁时作的五言诗《元日口号》：

　　爆竹喜春来

　　寒宵满寿杯

　　今朝欢不极

　　旭日发芳梅

　　九岁时作的七言诗《春日野望》：

野望山樱处处同

晴郊水绕柳桥东

春光暖气多莺语

小径人家杳霭中

在内行人看来，或许诗词还很幼稚，但六七岁的女孩竟然具有这种程度的情操，并能罗列出这么多笔画烦冗的汉字，难怪会被视为神童。

幽闭中的穷武士家庭，夜晚也要纺纱轮。歌子通常把书搁在膝上，一面操纵纺车，一面阅读，且纺出的线量并没有落后于其他人。穷武士家里之所以会有这么多书籍供女孩子阅读，是因为歌子的祖父是著名的汉学者东条琴台[①]。祖父知道孙女的才能与学识后，曾忠告歌子的父亲说："女孩子要有女孩子的样，让她去学炊事打扫的家事。"幸好祖父是个卓识博闻之士，日后也成为歌子的学问老师，但他经常留心不将歌子教育成不像女子的女子，甚至亲自上街买化妆白粉给孙女。

宫廷头等才智派女官

明治三年（1870），歌子的父亲及祖父获释，父亲受新政府

① 东条琴台（1795-1878），东京人。江户后期至明治初期的儒学者、杂学者。

招聘，前往东京就任神祇官宣教使。翌年春天，虚岁十七的歌子也带着一名老仆人和一名年轻女佣上京。从岐阜县岩村出发，整整花了十四天才抵达东京。

歌子与父亲、祖父同住位于锻冶桥内（现东京千代田区）旧藩主宅邸内的家臣大杂院。生计依旧很苦，歌子必需利用闲暇做风筝彩画的家庭副业，据说这时的她经常一面做工，一面大声朗读《左传》。第二年明治五年（1872）十月，十八岁的歌子经由和歌老师推荐，成为宫内省第十五等最低阶层的女官。

以歌子的出身门第，即便是最低层，也绝无可能进宫当女官。凑巧当时宫廷为了打破旧规，广泛招募新人，不仅朝臣、大名出身的女子，诸藩士族家庭女子都可以应试。进宫不久，皇后出题让新人作和歌，结果看中了歌子的和歌才华，赏赐"歌子"这个名字。

宫中有一种根据敕题当场吟咏和歌的智力游戏，类似现代的电视猜谜节目。有一次，敕题是古今东西贤人伟人的名字。名字接二连三被报出，女官得当场吟咏与该人有关的和歌。

举例来说，孔子七十二门徒之首、孔门十哲中德行科之一、"一箪食，一瓢饮，在陋巷，人不堪其忧，回也不改其乐"的颜回。歌子听了名字，立即用五七五七七字句型吟咏了"比起薪柴烟经常断绝，从屋檐缝隙射下的月光更冰冷"之意的和歌。意思是，颜回住在屋瓦毁损的破房子内。敕题是"拿破仑被流放至厄尔巴岛时的心境"时，歌子照样以山冈、海浪等字词比喻出拿破仑东山再起的决心。当场作和歌已经很不简单，还要用和歌猜谜，难度超高。

光看上述两条谜题便能明白歌子不但博览古今，亦极为聪明灵敏，也能看出她的天性。也就是说，以歌人的立场来看，才华优于艺术性；以教育家的立场来看，现实性的领导能力胜于思想。

歌子进宫前，祖母仅告诫她一句"记住，脸上要经常挂着笑容"。日常生活中要持续保持笑容是一件很难办到的事。歌子于晚年曾述怀说，在宫中那种复杂的人际关系中，要经年挂着一张笑脸比登天还难。不过，意志刚强的歌子办到了。

进宫数个月后，歌子被任命为"御书物挂"，用现代用语来说，就是宫廷图书馆员，这是一种专业职位，工作内容与只是管理书籍的图书管理员完全不同。两年后，成为皇后的亲信侍立，不但陪同皇后听进讲，也伴随皇后出行各种与教务有关的活动。

歌子二十一岁时，破例晋升为"权命妇"。明治时代的日本皇宫大约有200名女子服侍，其中，高等女官13名，可以陪侍在天皇、皇后身边的"命妇"与"权命妇"计10名。可见歌子在宫内的地位有多高。

设立"桃夭女塾"

明治十二年（1879）十一月，歌子为了结婚而辞职。大部分日本女性史研究专家都认为，这桩婚事是歌子一生的失败。对方名为下田猛雄，是名剑客，但不归属正统派的千叶周作①之"北辰一刀流"或山冈铁舟之"无刀流"，算是孤狼剑客。据说个子很矮，腰上经常佩带一把二尺三寸（约70厘米）的直剑，与人比剑时，低来高去，令人眼花缭乱，是一名剑术不合规则的武艺者。而且酗酒、耍酒疯，结婚时已经患上可能是胃癌的严重胃病。

无人知晓歌子为何和这种男人结婚，只知道歌子的父亲在下谷警察署讲授《论语》时，下田猛雄也在警察署教授剑术。即便是明治时代初期，以歌子的身份背景和个性来说，她绝非奉父亲之命而结婚，很可能是自由恋爱。直至明治十七年（1884）与丈夫死别为止，歌子的婚姻生活持续了五年。

歌子辞官后，曾经在宫中见识过歌子的美貌，并极为赏识歌子才智的明治政府高官，例如伊藤博文、山县有朋②、佐佐木高

---

① 千叶周作（1793-1856），岩手县人。剑术家，北辰一刀流创始者。

② 山县有朋（1838-1922），山口县人。日本陆军之父，第三、九任日本内阁总理大臣，公爵爵位。

《东京华族学校学习院宴会之图》 扬洲周延（1838–1912）画

行①、土方久元②、井上毅等维新功臣，都很惋惜歌子的引退，绞尽脑汁试图让她复出。

当时，令上述那些官员最头痛的问题之一正是女子教育。歌子退出宫廷后，经众官员劝说，于明治十四年（1881）在自宅开设了"桃夭女塾"，专门教育贵族夫人及其女儿。歌子于婚后为了照顾病重丈夫，生计相当困苦，这家私塾的收入恰好可以维持歌子的婚姻生活。

"桃夭"这两个字取自《诗经·周南·桃夭》的"桃之夭夭，灼灼其华"。"夭夭"是茂盛之意，"灼灼"是花之盛也；意指年轻貌美的女子。"桃夭女塾"正是"新娘学校"。经营

---

① 佐佐木高行（1830-1910），高知县人。第五任工部卿。侯爵爵位。

② 土方久元(1833-1918)，高知县人。第二任宫内大臣、第二任农商务大臣。伯爵爵位。

"桃夭女塾"是下田歌子成为日本女子教育界第一把交椅的起动。伊藤公爵夫人、山县公爵夫人，以及其他伯爵、侯爵、子爵夫人都是她的学生。授课内容除了歌子终身最拿手的《源氏物语》，还有国文、汉学、修身、习字等。对年轻女子学生则讲授《徒然草》《古今和歌集》等。

讲课时，歌子通常将头发梳成椭圆形发髻，身穿当时居流行首位的黄色条纹或格子花样和服，再系着一条表里不同花色的腰带。由此可见，歌子即便处于家里有个卧病丈夫和生计贫困的境遇，仍不忘让自己看起来高贵、美丽。

明治十六年（1883），宫中第一次亮起电灯，亦是"鹿鸣馆时代"拉开帷幕之年。皇后计划创办贵族女子学校，遣人来问歌子是否有意参与，歌子却以丈夫病重为由婉拒。翌年五月，丈夫病逝，歌子三十岁。

大约在这个时期，日后的"女子英学塾"创立者津田梅子，通过伊藤博文的介绍，一面在"桃夭女塾"教英文，一面跟着歌子学日语。津田梅子是日本最初的女子海外留学生之一，满六岁时赴美，在美国生活了十一年，刚刚回国。由于她在女性人权已经确立的美国成长，无法适应女性地位极低的日本生活，正陷于深刻的文化冲击苦恼中。

日后，歌子在贵族女子学校担任干事兼教授，梅子是教授候补，不过，两人之间，关系似乎不怎么亲密。这也难怪，津田梅子在美国成长，是受过洗礼的虔诚清教徒，歌子虽是天皇中心主义的纯粹日本人，但她类似希腊神话中的女神，这两人即便并非水火不容，应该也像油水那般不易相溶。

丈夫过世两个月后的七月，正在准备创办贵族女子学校的宫内厅，以年薪一千日元聘请了歌子。由于是异乎寻常的女子高薪，此事在当时甚至成为新闻话题。虽然这是明治政府为了振兴女学的人事政策，却明显是破例的提拔。自此以后，歌子和宫廷政治家之间的八卦丑闻逐渐流传于街头巷尾。

贵族女子学校是宫内厅管辖，当时的宫内卿是伊藤博文，而歌子的强力后盾正是皇后。

"葡萄茶式部"鼻祖

明治十八年（1885）十一月，贵族女子学校举行开学典礼，皇后也出席。新校舍位于四谷仲町，现在的迎宾馆（赤坂离宫）正门前附近，学生数143名。英语教师津田梅子正是在这时期，留下对贵族子女的无精打采、无能感到惊讶并愤怒的记录。总之，歌子让女子学生穿裤裙和西洋鞋子，在当时轰动一时，并成为"葡萄茶式部"鼻祖，名垂日本风俗史。

所谓"葡萄茶式部"，意味上半身穿传统和服，下半身穿葡萄茶色（绛紫色）的裤裙和西洋鞋子，接受高等教育的女学生。

下田歌子的《和文教科书》

现代日本女子大学生于毕业典礼时也习惯如此穿，"式部"则为日本平安时代的紫式部。

歌子担任教授兼学监，也就是校长。她被形容为"像马车的马那般勤奋"，也被形容为果断得"像个男人"。其实她是个和多数政界显要都有暧昧关系的"女人中的女人"，只是擅长策略这点就真的"像个男人"吧。

与歌子纵横交流的掌权者，都是出身于下级武士家庭，平安无事通过明治维新混乱时期的干将。歌子也是小藩下级武士家庭的女儿，凭自己的实力爬至高阶。基于这个共同点，于公于私，双方的思维方式和行动手段自然而然会步调一致。

"桃夭女塾"关闭后，学生转学至贵族女子学校。歌子除了应付繁忙公务，更于明治二十年（1887）完成九册构成的《国文小学读本》大著述。伊藤博文打算推荐给文部省当作国家公认课本，却因赶不上官方指定的出版时期而无法成为公认课本。这套课本的特色是基本单词，例如"男人"一旁加上英文"Man"。此卓见可能是欧化主义者伊藤博文的构思。

明治二十一年（1888），歌子三十四岁。这时期开始，歌子在讲坛授课时都打扮成"大垂发"，也就是日本平安时代的贵族女性发型。根据她的传记，"在下田老师的一生中，这时期的老师，姿容端丽、美得极限"。可是，"美得极限"的歌子，身后竟隐藏着令人难以置信的债务问题。

最初原因来自《国文小学读本》，她本来打算将出版业务交给弟弟当作事业，无奈没能取得文部省认定，欠下两万日元债务。之后，她虽然成为日本女性最高薪资者，另有皇族的家庭教师、演讲报酬、著述等收入，却不知怎么回事，她终生都负债累累。

前往英国留学

明治二十二年（1889），贵族女子学校移至永田町的新建校舍。政府给予歌子一幢宏伟官邸。当时连学习院院长也没有官邸，明显是特殊待遇。

伊藤博文在当时任第一代枢密院（天皇咨询机构）议长，但枢密院和歌子的闺房竟然毗邻，之间没有篱笆，此事成为街谈巷

上 / 《宪法发布略图》　扬洲周延（1838–1912）画
左 / 教育敕语
右 / 教育敕语的十二德

议的热门话题。其实和歌子有绯闻八卦的高官男性多达十名以上，只是，当时与今日不同，完全无视人权和隐私，谣传不可尽信，但这些绯闻似乎也非凭空杜撰。

　　这一年，政府颁布宪法，翌年（1890），又发布"教育敕

明治三十三年（1900），皇室御尊影。明治天皇、皇后与皇太子（大正天皇）、皇太妃（贞明皇后、九条节子）。

语"。"教育敕语"是明治体制下的国民道德大本，也是战前日本教育的主轴，日后的朝鲜教育令、台湾教育令等均一体适用。起草人是山县有朋内阁的长官井上毅等人，歌子也是起草人之一。

贵族女子学校在歌子的精明手腕下顺利运营，但另一方面，她的债务愈滚愈大，高利贷甚至追债到学校和永田町官邸。不过，据说，讨债的人都被她的伶牙俐嘴给击退。这些债务肇事者均为歌子的弟弟。这个弟弟，曾经以诈骗他人财物的罪名被拘留半年，最后因证据不足而赦免。歌子在英国留学的两年期间，也不知她弟弟做了什么坏事，回国后不久，她在永田町的官邸即遭扣押，所有财产都被拍卖掉。

明治二十六年（1893）九月至二十八年（1895）八月的两年期间，歌子赴英留学。出发那年的四月，皇太子（大正天皇）的教育主任佐佐木高行在日记中留下一段让歌子赴英留学的真正目的之记述。内容大意如下：

> 进宫谒见上奏（明治天皇），眼下最大的忧虑是皇太子殿下的皇妃、皇女教育一事。下田歌子至今仍未去过欧洲，信用很薄，世间人都极为愚蠢，明明具有充分的学问，但倘若从未去过欧洲，便会遭蔑视，只要陛下命下田歌子出游一年，事情便能顺利完成。陛下回说，有道理，不出国，便得不到信任。虽很愚蠢，世情如此，不得已……

这段忠臣与明治天皇的会话很有趣。意思是，当时对从未出国留学镀金的人不予信任，所以忠臣建议天皇命担任皇家女子教育的歌子出国，天皇也认为有道理。那时，皇太子妃的候选人有两人，其中之一正是日后的大正贞明皇后九条节子。这两位皇太子妃候选人，都是明治天皇的内亲王玩伴之一，经歌子观察后再被选出。

留学英国后的收获

歌子辞去学监职位，以教授身份经由巴黎抵达伦敦。她在英国看到英国孩子体格健壮，初步教育虽比日本易学，但十四五岁时的知识则远远胜过日本孩子。也在英国见闻了中产阶级及其下阶级的子弟教育，以及强势的英国女权，这些都给她带来很大影响，亦是最大收获。换句话说，这两年的留学期间，是歌子于日后创设帝国妇女协会、爱国妇女会、实践女子学校的源头。

明治二十八年（1895）五月，歌子总算完成谒见维多利亚女王的目的。这一年三月，日本在甲午战争取得胜利。歌子打扮成平安时代的王朝女官艳丽模样，与英国贵族妇女的礼服对抗。《伦敦时报》描述歌子为"战胜国的女性传统盛装"。之后，女王又召见歌子共餐。在此，歌子也达成了了解英国宫廷的公主教育内情之目的。

歌子是三十九岁至四十一岁赴英留学。这期间，她和同样在英国留学的某位政治家志愿的青年也传出艳闻。据说歌子的英国调查研究事项报告书，正是这位才华横溢的青年写的。同年八

左／明治30年代中期左右，推测是帝国妇人协会会员，第一排左起第五位是下田歌子。
右／实践女子学校最初的制服

月，歌子回国，重回贵族女子学校。

歌子虽然在英国度过两年，却没有成为欧化主义者。她曾说，"最可怕的东西，是西方人的内心"。但她的国粹皇室中心主义，却也是她身为教育家的最大阻碍。不过，这是另外一个问题，我们先来看看她回国后展现出的惊人能力。

回国后，歌子不但再度担任贵族女子学校学监，也负责教育明治天皇的第六、第七皇女。她写的皇女教育建议书中有一段：

> ……女子性质，生来单纯，气量狭隘。因此一旦染上某物，她对物事的看法均深受该物颜色影响，其色浓厚且深沉，很难消除摆脱。正因为如此，无论哪个国家，女子均犹如该国的敬神观念，犹如该国的宗教情操，比男子敦厚且坚固。故，女子实为国家的母亲。女子能造福人民，女子能增长国家利益……

歌子以雄劲文笔写出女子教育的精神、日本皇室的女子教育现状、欧洲王室的女子教育现状、日本女子教育的将来以及皇女的家庭教育等项目，并一针见血点出日本皇室、贵族子女的懦弱，毫不妥协地向皇室提出改善计划。

她在第一句便把天下所有女子断定为"生来单纯，气量狭隘"。

我想，这应该不是出自她的傲慢，而是自信。她的自信来自她出众的能力与杰出的经济能力。她身为教育家、皇家女子家庭教师，但在私生活却经常成为众口交攻对象……这个矛盾，可能正因为她认为自己并非"气量狭隘的单纯女子"，并非"一旦染上某物，便很难消除摆脱其色的女子"。

一般女子只能按自己的有限能力去制作平面人生设计图，但歌子与众不同。她认为自己可以制作更复杂、更具多面性的立体人生设计图。而她的实际人生也确实活得与一般女子迥然不同。正是这一年除夕，位于永田町的歌子官邸，遭官吏扣押，全财产被封印，并在当日付与拍卖。

因次日是元旦，歌子只得赶忙叫来木匠做了板墙，贴出接受拜年的临时地址应急。她是日本女子最高所得收入者，也很会筹钱。十多年前的鹿鸣馆时代，她曾一手主持筹划海防费募款活动，当时筹到213万日元的巨额捐款，让世人大吃一惊。

回国后第三年的明治三十一年（1898）十一月，歌子将在英国留学期间构思的大众妇女启蒙运动付诸实施，创设了帝国妇女协会。她自己担任会长，但因为在英国目睹王室与国民大众的亲密关系，打算在日本也实现此目标，于是让皇族当总裁。

理想与现实

明治三十二年（1899）四月，作为帝国妇女协会事业的一环，歌子在往昔"桃夭女塾"所在的曲町，创设了实践女子学校和女子工艺学校，自己当校长。此外，她另有专门让穷人家子女上学的免费慈善女子学校、女佣培育所、女子商业学校、女工训练班、护士训练班等计划，可惜大部分都无法实现。

女佣培育所是想给下女一个职业性的社会地位，培育出家务专业人士，这着眼其实非常好，遗憾的是，歌子的思想太前进，社会跟不上，没有人应募。实践女子学校的目的也是让中产阶级以下的子女入学，但这边也招募不到平民学生，变成中等富裕层以上的学校。这些都令歌子大为不满。

学校校舍最初很简陋，不但屋顶漏雨，路人甚至可以从窗外观看教课情景。津田梅子也在一年后开设了女子英塾，校舍也是简陋得被世人称为鬼屋，经营得很辛苦。津田梅子终生都为了经营学校而吃苦，最后还仰赖美国人的善意才得以持续。

但，歌子不同。

歌子在明治三十五年（1902）向宫内省借用了涩谷常盘松御用牧场2000坪（约6600平方米）土地，并于翌年盖了新校舍。她在宫廷、政界的势力和巧妙的处世哲学，实在令人瞠目。单单说她精明能

创立日本女子大学的成濑仁藏

干，似乎嫌不够，毕竟她怀有教育家应有的热情与理想，最重要的是，她还能将自己的理想具体化，幕后的勤奋努力肯定非一般女子所能想象。

只是，歌子的教育理念始终停滞在"为皇室、为国家"这点，没有展开至更高一阶的"为女权、为人类"，因此才会随着时代变迁而遭淘汰。例如于明治三十四年（1901）创立日本女子大学的成濑仁藏，正是以"作为人、作为国民、作为女人"为创校宗旨。不过，歌子的理念即便遭淘汰，在巩固天皇主权体制的明治时代，确实是最适合时代，也是最有用的逻辑，所以歌子在当时始终受到尊重，既成功，亦安泰。

明治三十七年（1904）以后，实践女子学校迎入众多清朝留学生。歌子在毕业典礼向这些清朝留学生进行告别演讲时，说"突然到外国留学，目睹外国人的自由生活态度后，一不小心便会成为激越的民权主义者，好不容易才学成的学问，也会在形式上成为招引乱臣贼子的危险工具"。

也就是说，无论针对日本人或清朝留学生，歌子的教育宗旨始终不离体制。她想教的不是人权，亦非个人自由，而是如何将个人能力

秋瑾

奉献给体制。尽管如此，实践女子学校的清朝留学毕业生中，依旧出现了一位提倡女权，三十一岁时被处以斩刑的近代民主革命女志士——秋瑾。

明治三十九年（1906）四月，学习院与贵族女子学校合并，歌子被任命为学习院教授兼女学院院长。她本来反对合并，因圣旨已定，无可奈何。明治四十年（1907）十月，乃木希典大将就任学习院院长，同年十一月，五十三岁的歌子辞去女学院院长职位。由于两人都是当代头号知名人物，世间流传各种臆测，成为热门话题。

昭和十八年（1943）刊行的《下田歌子先生传》（已故下田歌子先生传记编撰所），收录了歌子写的一篇《余辞职始末》起首部分。编者以"因顾虑到相关人物"为由，没有刊载出全文，因此歌子为何辞去院长职位的理由，至今仍真相不明。一般说法是强硬派的乃木大将为人刚毅正直，很讨厌与"妖妇"传言分不开的歌子对社会的影响，为了学习院的风纪，断然罢免了歌子。

宫中妖妇

歌子辞去女院长职位这一年，《平民新闻》刊出披露歌子私

大正五年（1916）左右的下田歌子

生活的连载文章。《平民新闻》是社会主义记者幸德秋水①等人
为了鼓吹社会主义与反战论而发行的正经报纸，不知怎么回事，
歌子的八卦连载文章内容竟鄙俗不堪。而且，歌子在设置学习院
女学院之际，开除了十数名教师，这些教师竟联手向报社投出恶
意攻击歌子的文章。标题为"妖妇下田歌子"的八卦文章，自明
治四十年（1907）二月二十四日开始连载。

幸德秋水等人于同年一月十五日创刊《平民新闻》日报，除
去创刊号，报纸计四页，纸面规格大小与商业新闻相同，通过多
元化文章致力宣传社会主义。《妖妇下田歌子》从该报第三十三
号起，连载至四月十三日的第七十四号，总计四十一次（途中停
刊一次）。因该报遭受禁止发行处分，次日的第七十五号变成最
后一号，而最后一号的报纸刊载了标题为"断送下田歌子"的
文章。

这份报纸拿下田歌子当开刀对象，主要目的为"下田歌子是
侵蚀众多平民女子虚荣心的化身，我们欲对她投下文字炸弹，虐
杀她的精神"。鉴于《平民新闻》的出版目的，可以看出报社打
算通过披露在宫中拥有势力的下田歌子的隐私，攻击当时的统治
体制。

在连载文章中登场的人物，以伊藤博文、山县有朋、大隈重

---

① 幸德秋水（1871-1911），高知县人。记者、思想家、社会主义者、无政府主义者。

信、井上馨①、三条实美②等元老级为首，另有第二任宫内大臣、第二任农商务大臣的土方久元，以及国学者、学习院大学部教授、文学博士的物集高见③等人，可以说将各界所有领导人物一网打尽。而且，在最后一篇"断送下田歌子"文章中，还列出今后将施加笔诛的名单。不用说，名单中的人物都是宫中、政府内外、学界、报界要人。文章笔者向读者呼吁，下田歌子正是和这些人物有肉体关系，才会在统治者层中具有一股不可忽视的潜在势力。

总之，人哪，知名度愈高，非难声也会随之愈大。不仅《平民新闻》报道的人物，歌子和当时被称为"日本的拉斯普丁"④的新兴宗教家饭野吉三郎⑤的丑闻，也几乎无人不知、无人不晓。

难道，教育家的功绩是虚像，淫乱的私生活才是实像？或者，反之？连第二次大战后的日本女性史研究专家，也对下田歌

---

① 井上馨（1836-1915），山口县人。第五任外务卿、第一任外务大臣、第五任农商务大臣、第十任内务大臣、第六任大藏大臣。侯爵爵位。

② 三条实美（1837-1891），京都人。日本最后一任太政大臣，第一任内大臣、贵族院议员。公爵爵位。明治政府最高首脑之一。

③ 物集高见（1847-1928），大分县人。国学者、学习院大学部教授、文学博士、帝国大学教授、东京师范学校教授。

④ 拉斯普丁（Grigori Yefimovich Rasputin, 1869-1916），帝俄时代尼古拉二世时的神秘主义者。

⑤ 饭野吉三郎（1867-1944），岐阜县人。新兴宗教家。靠同乡下田歌子的力量，在政界、皇室、军人之间相当吃香。

子敬而远之，不予置评。不过，她的存在，确实让许多人感受到宫廷和统治者层的阴暗面。就这点来说，下田歌子的确扮演了一个极为有效的角色。

乃木大将有意罢免歌子这件事是事实，文部大臣牧野仲显[①]所留下的日记已证实了这点。但是，真相或许隐藏在深不可测的宫廷政治谋略底层。当时，山县有朋的势力超过伊藤博文，宫廷内演出一出阴险的霸权交替大戏。或许，是新势力嫌弃知道过多宫廷政治内情的歌子，故意排除了这位"宫中妖妇"。

乃木大将忠厚老实，他根本不会耍政治手腕，应该很容易被人当作棋子。而下田歌子早在十多年前于自英国返回的船中写了一封信给宫内大臣，表达辞职之意。因此，歌子应该不留恋女学院的职位，但依她的性情来看，被人背叛，想必非常生气。而且气得在前述的《余辞职始末》中，暴露出某些令编辑不敢收录的真相。

歌子的晚年

昭和六年（1931），歌子接受了乳腺癌手术。昭和十一年（1936）年初，乳腺癌扩散，导致歌子的右臂无法动弹。右手不

① 牧野仲显（1861-1949），鹿儿岛县人。明治维新功臣大久保利通的次子。第二十七任、第三十任文部大臣，第二十四任农商务大臣，第二十七任外务大臣。伯爵爵位。日本前首相吉田茂是其女婿、麻生太郎和宽仁亲王妃信子是其曾孙。

上 / 77 岁喜寿时的下田歌子

下 / 位于东京文京区护国寺的下田歌子的坟墓

行，她就开始用左手习字。七月十一日住院，二十四日出院，八月十一日到学校上班。新学期开始后，她又于九月十日至二十八日站在讲坛授课。十月八日，下田歌子结束了她那灿然的一生，享寿八十三。

歌子小明治天皇两岁，是同时代的人。

明治天皇实现了宣布五条御誓文、完成维新、公布宪法、召集议会、颁布教育敕语等各种新制度，确立了中央集权国家的基础，并在两次战争中大胜，执行日韩合并，带领日本获得空前的发展。

这是个奇迹时代。

或许，歌子在无意识中对明治天皇产生连带感，并坚信明治天皇和日本帝国会走向成功之路，因而才会如此虔诚地忠君爱国吧。

我想，她，或许并非妖妇，只是一名纯粹的明治女子。

大山舍松

（Ooyama Sutematsu，1860-1919）

/鹿鸣馆之花/

五名少女、幼女留学生

明治四年（1871）十一月十二日，两大集团搭乘"美国号"邮船自横滨起航。

集团之一是以岩仓具视为大使，木户孝允[①]、大久保利通[②]、伊藤博文、山口尚芳四人为副使的政府首脑欧美视察团（安政不

---

① 木户孝允（1833-1877），山口县人。维新十杰之一。第二任内务卿、第二任文部卿。

② 大久保利通（1830-1878），鹿儿岛县人。维新十杰之一。第三任大藏卿，第一任、第三任、第五任内务卿。

平等条约修改交涉）；另一个集团是为了吸收欧美文化的58名留学生团。其他还有书记官、随从员等，总计107名。

留学生团中，有五名少女、幼女。

吉益亮子，东京府士族秋田县典事（主任）女儿，十五岁。

上田悌子，外务省中录女儿，十五岁。

山川舍松，青森县士族妹妹，十二岁。

永井繁子，静冈县士族女儿，九岁。

津田梅子，东京府士族女儿，八岁。

上述年龄是虚岁，津田梅子当时满六岁。其中，在封建日本成长为少女的前面两人，不多久便挫折回国，剩下的三人则完成长达十年的留学生活。回国后，永井繁子嫁给海军大将瓜生外吉，山川舍松嫁给陆军元帅大山岩，唯独津田梅子终生独身。

派遣女子到美国留学的计划，是北海道开拓使次官黑田清隆[1]和美国弁务公使（代理公使）森有礼的提案。为了学习美国西部开拓史而访问美国的黑田，目睹美国女性在社会上积极发言，而且和男性平等工作的姿态，非常惊讶。

访美期间，黑田和森每天晚上交换议论，最后得出为了日本的近代化，明治政府也应该派遣女子出国留学的结论。由于负责选拔使节团人才的岩仓具视也赞同此方案，因此决定让女子随同

---

[1] 黑田清隆（1840-1900），鹿儿岛县人。第六任递信大臣、第三任农商务大臣、第二任内阁总理大臣。伯爵爵位。

使节团的男子留学生一起走。

但是，没有任何父母愿意把女儿送往"吃兽肉、大口喝红色酒"的毛唐国家。即便政府大呼"留学期间十年，所有费用由政府负担"，也没有人报名。

直至出发之际，想尽办法聚集来的正是上述那五名少女、幼女。

出生于会津藩家老门第的小姐

大山舍松起初名为山川咲子，是会津藩家老（家臣之长）的女儿。

她出生于安政七年（1860），正是幕府随时会瓦解的幕末骚乱时代。

迁移至青森县最北部
斗南藩的会津藩士

新政府军攻击会津若松城的戊辰战争时，咲子曾和家族一起进城，在城内为负伤者治疗并烧饭赈济灾民。这时，担任攻击会津若松城的炮兵队队长正是舍松日后的丈夫大山岩[①]，此事于日后虽然会成为大问题，但总体看来，只能说是冥冥中注定的缘分。

　　战争结束，进入明治时代后，旧会津藩的人过着苦难日子。本为23万石的大藩，改易成3万石（实质只有7000石）的小藩，迁移至极端寒冷的青森县最北部的斗南藩。

　　最初大家以为土地广阔，正好适合农业，气候虽寒冷，住久了就习惯。不料，移到斗南的旧会津藩士们，因气候比预想的更严苛，死伤颇多，亦有难以忍受贫苦生活的逃亡者，因此益发无法推进耕种计划。

　　斗南藩藩主，亦是比咲子年长十五岁的长兄山川浩[②]，以身作则，过着粗衣劣食的生活。这个长兄，曾在庆应二年（1866），为了签订日、俄国境协议，随幕府外国长官访问俄罗斯，是个体验过欧洲诸国生活的人物。

　　但即便藩主英明，在这种状况下，也只能让年少者到各处去当寄养孩子。咲子正是寄养孩子之一。她的寄养家庭是住在函馆

[①]　大山岩（1842-1916），鹿儿岛县人。内大臣、文部大臣、陆军大臣、贵族院议员。公爵爵位。
[②]　山川浩（1845-1898），福岛县人。陆军军人、政治家、贵族院议员。东京高等师范学校（筑波大学）、女子高等师范学校（御茶水女子大学）校长。男爵爵位。

的某法国人家。哥哥告诉她将送她去当留美学生一事，是在出发前一个月的十月初。

此时，母亲给她取了新名字"舍松"。"舍"是舍弃，因为这一别，很可能成为永别；"松"的发音与"等待"的"待"相同。意思是，我们将舍弃你，送你去遥远的美国，但我们仍希望你能学成归来，我们会等待你回来。

日后，大山舍松明明可以改为更时髦的名字，她却舍不得改掉这个母亲于临行之前给她取的名字。

五名少女、幼女在旧金山广博好评

岩仓使节团的58名留学生中，也包括了被世间人冷眼看待的"叛军"，舍松的另一个哥哥山川健次郎[①]正是"叛军"之一。不过，明治政府的方针是但凡优秀的人，即便以前是互相敌对的藩国，也能出国留学，成为将来的国家支柱。

舍松在法国人寄养家庭已经习惯了西洋文化，加上这个哥哥也是留学生之一，山川家才决定让未满七岁的舍松前往美国。结果，五名女子留学生都是佐幕派或"叛军"家的女儿，可见当时确实没有人愿意送女儿出国留学。而日后成为舍松的丈夫的大山

① 山川健次郎（1854-1931），福岛县人。东京帝国大学、九州帝国大学、明治私立专门学校（九州工业大学）第一任总裁，旧制武藏高等学校（武藏大学）校长。男爵爵位。

岩，也在次日出发前往瑞士日内瓦留学。

"美国号"历经两个月横穿太平洋，于翌年明治五年（1872）一月十五日抵达旧金山港。一行人分住市内几家酒店，在异国酒店卸下旅装。据说，他们被带进一个小箱子，那个小箱子又突然上升，来到上面的楼层；上厕所后，只要拉一条带子，会自动流出水……所见所闻都令人惊叹。

另一方面，美国人对这些来自"Mikado"（天皇）国家的一行人也大感兴趣，各家报纸连日大幅报道相关新闻。其中，最有人气的是五名女子留学生。

"使节团中有五名女子与驻日公使夫妻同行。据说都是武士家的女儿。与使节团的男性相较之下，女子们不但容貌姣好，并富有魅力。她们身上穿的衣服与住在这个城市的中国人类似，但看上去非常华丽，应该很昂贵。这五名女子是日本这个国家首次送出国的身份高贵的女性。"

她们身上穿的衣服是日本未婚女子穿的传统礼服"振袖"。

使节团受到热烈欢迎，五名女子的"礼仪礼法"更成为报纸的热门话题。这也难怪，大家都是接受过严格武士门第教育的女子，即便在礼法迥然不同的美国社会，也能让人赞不绝口。

之后，使节团前往华盛顿。这时，五名女子已经学会怎么穿西服，也掌握了美国式的礼仪礼法，在华盛顿也成为媒体宠儿。

但是，其中两名十五岁的女子因患上思乡病，健康状态不佳，最后被送回日本。留下的三名女子于明治五年（1872）十月底，各自被美国人家庭领去接受美国教育。

舍松寄居在纽约和华盛顿之间的纽哈芬市（Newhaven），培根（Leonard Bacon）牧师家。纽哈芬市是波士顿的部分清教徒为了逃避英国的统治，于1638年开拓的城市，当地人多是虔诚且热心教育的人士。名门耶鲁大学也在此，舍松的哥哥健次郎正是在耶鲁大学留学。

出生在以质朴刚毅闻名的会津藩武士门第的舍松，刚好很适合谨严朴素的这个城市的风土人情。培根牧师曾写信给住在瑞士的儿子，描述舍松是个"温和并值得信赖的孩子，我们都沉迷于她"。

身体虚弱，几乎闭门不出的培根夫人，在坦率聪慧的舍松身上寻得人生意义，变得明朗快活。舍松也和年长两岁的培根家小女儿艾丽斯亲密无间，情同手足。舍松和艾丽斯终其一生都是挚友关系。舍松在纽哈芬市时的学习和交友关系均很顺利。住在培根家对面的耶鲁大学教授的女儿玛丽安，比舍松小两岁，于日后如此回想：

"舍松看上去亭亭玉立，很和善，不过，她总是神采奕奕地加入所有游戏。赛跑时速度很快，也很擅长爬树。游泳亦极为出色。"

舍松就在这种健康活泼的生活中，如同培根家的亲生女儿般成长。

高中与大学时代

明治八年（1875）九月，十六岁的舍松进入附近的男女同校公立高中就读。

据说，在这之前的1874年夏天，十五岁的舍松和培根夫人去避暑地库布鲁克小城。库布鲁克位于美国康涅狄格州首府哈特福德西北约一小时车程，她们寄宿在卡琳顿夫人家，而卡琳顿夫人家有个十一岁成为清朝第一批留美幼童之一的谭耀勋，舍松在此时与谭耀勋认识。谭耀勋是1872年赴美留学。两人直至培根牧师过世后的1882年为止都有交流。谭耀勋于1883年毕业于耶鲁大学，不幸在同年秋天因肺病而客死他乡。

此外，舍松就读希尔豪斯高中（Hillhouse High School）时，也有两名清朝留美幼童。舍松成为大山岩夫人后，也曾帮助释放在日本当俘虏的清朝第二批留美幼童之一的蔡廷干。蔡廷干是1873年赴美。

话说回来，纽哈芬市有个仅限上流阶层女性参与的集会，针对穷人进行义工活动。舍松以艾丽斯的客人身份经常参与聚会，与会员们一起缝制婴儿尿布或童装。通过此活动，舍松习得何谓义工精神，更亲身体会出，女性的能力可以为社会做出贡献。

舍松进高中那年夏天，哥哥健次郎在耶鲁大学的留学期限到期，必须回日本。健次郎担忧妹妹失去爱国心，成为崇拜美国的女孩，每周一次教妹妹学日语，并教她做人的道理。

健次郎回国后，也屡次三番寄信给妹妹，向她说明有关国际政治等事情。在哥哥的教导之下，舍松逐渐萌生怀念祖国的感情。

明治十一年（1878）九月，十八岁的舍松离开住了六年的培根家，和留美幼女之一的永井繁子一起进入东部名门女子大学瓦萨学院。

在大学结交的好友于日后如此述怀：

舍松很聪明，繁子很和善。两人都穿西服，舍松看上去很像充满诗意的美丽犹太人，繁子怎么看都是日本人。二年级时，舍松被选为班委员长，而且也是只允许智力水平高的学生入会的莎士比亚俱乐部成员之一。得过英国文学奖赏，写了许多精彩小品文。

大学创立纪念日时，舍松身穿华丽的日本和服，漂亮地完成庆典长的任务。教授们对舍松的评价也很高，英国文学教授如下写着有关舍松的回忆：

"舍松是个宽大、谨慎、快乐的少女。即使不宣扬自己出身于高贵门第，也会很自然地渗出高贵气质。她从来没有说过任何一句因自己是外国人而感到孤独的抱怨的话。所有关心舍松的成长的人，都感觉到她体内隐藏着一股力量。"

大三时，十年留学期间到期，舍松收到日本政府的回国命令。但是，只剩一年就可以拿到学士学位，于是舍松写信给日本政府表达自己想留到毕业时的决心，获得了延长一年的许可。

那年的圣诞节前夜，将近八十岁的培根牧师过世。

明治十五年（1882）六月，瓦萨学院举行毕业典礼。

舍松是第一位在美国大学被授予学士学位的日本女性，亦是亚洲第一个毕业于美国大学的女性。39名毕业生中，穿着和服的舍松坐在礼拜堂坛上的前排。日本总领事也特地从纽约赶来参加毕业典礼。她还被选为毕业生代表之一，在台上发表演讲。

演讲题目为"英国对日本的外交政策"，大致内容是说，倘若英国根据不平等条约在日本国内继续实施治外法权政策的话，日本人将会为了国家的独立而与英国对抗。

《芝加哥论坛报》报道："以精神饱满、明快的口吻，而且是纯粹的盎格鲁-撒克逊口音（古英语）演讲，在当日博得最狂热的喝彩。"

《纽约时报》也给予无上赞词："她的论点非常精彩，正确地预见了将来。她完全了解英国的保守主义政策，并毫不吝惜地称颂美国的自由和友爱精神。"

学成归国，嫁给仇人

明治十五年（1882）十一月，大山舍松和津田梅子搭乘同一艘船驶进晴空万里的横滨港。对两人来说，眼前的光景是久违十一年的祖国。坐进人力车后，两人感觉好像坐进了娃娃车；观看街道两旁排列的小房子时，两人又觉得似乎变成《格列佛游记》中闯进小人国的格列佛。

舍松抵达位于东京牛込的山川家后，母亲与健次郎夫妇一起迎接了这个家中的老幺。

舍松起初担心回国后大概无法说出正确口音的日语，幸好健次郎在美国严厉督促她学日语，因而踏上祖国的土地后，舌头就自然而然地松开，可以说一口还算流利的日语。她也马上习惯了日本的和服，在家中总是穿着一身和服。

回国后，舍松立即前往文部省提交回国报告兼咨询工作。然而，政府虽然马上分配男子留学生到政府机关或大学工作，却对留美幼女的舍松和梅子的待遇毫无具体计划。文部省方面也很伤脑筋。

按实力来说，拥有名门女子大学瓦萨学院学士学位的舍松，担任大学教师职务应该绰绰有余，但是，日本没有女性在大学教书的前例。虽然文部省提议到东京女子师范学校工作，但舍松虽然能说日语，却不擅长读写，无法使用日文教科书在黑板写日文，不得不放弃。

在美国留学了十一年，好不容易才归国，祖国却仍停滞在"女子无才便是德"、"女主内"的世界。如此，舍松只能待在家里过着无所事事的日子。舍松很想为祖国尽一份心力，却无处容身。

有一次，有人来求婚，舍松以"是国家供应我去外国留学，未报恩之前，我不能结婚"为由而拒绝了。可是，在怎么也找不到工作的情况之下，舍松开始考虑，或许结婚后可以另谋出路。

恰巧这时有人来提亲。对方是四十二岁的陆军参议大山岩，与二十四岁的舍松相差十八岁，前一年刚丧妻，膝下有三个女儿。大山岩是西乡隆盛①的堂弟，年轻时便对兵器开发方面的事很感兴趣，巧的是，他在舍松留美的次日也踏上欧洲留学之途。

大山在欧洲度过留学生活，一直希望让自己的女儿接受可靠并有坚实内容的教育。何况他是政府高官，经常与外国人交往，正需要一位可以在社交场合发挥力量，并有出色表现的夫人。

经人介绍的对象正是舍松。舍松不但会说英语、法语、德语，更是日本唯一拥有大学毕业学位的女性。大山想来想去，觉得舍松是最适合当人生伴侣的女性。

但是对山川家来说，大山是往昔的"敌军"（正确说来是官军），更是攻击会津城的大炮队长，令长兄妻子丧身的仇人，怎么可以让幺妹嫁给这么一个不共戴天的仇人呢？当然一口拒绝。

----

① 西乡隆盛（1828-1877），鹿儿岛县人。维新三杰之一。

大山这边则因为曾在其他人的婚礼见过舍松，对舍松一见钟情，不愿放弃这门打着灯笼也没处找的婚事，拜托西乡隆盛的弟弟西乡从道①从中说情。最后，舍松的长兄总算答应让妹妹自己做主。两人经过几次在当时算是破天荒的"约会"，舍松逐渐理解大山的为人后，才点头答应这门亲事。

舍松归国一年，于明治十六年（1883）十一月，与大山岩举行了日式婚礼。一个月后，大山岩在新装修的鹿鸣馆召开宣布结婚的晚餐会。这天，受到邀请的美国人杂志记者如下描写大山夫人首次亮相的样子：

那晚，受邀宾客约有八百名日本人和二百名外国人。宾客入场和退席时，公爵夫人不但和每个人握手，对每一个日本人也各自行了六次礼。这种让美国妇女来做的话，说不定会杀死丈夫的绝技……女主人完美地做到了。至今为止在东京召开的所有晚餐会中，这是最精彩的一次。

鹿鸣馆之花

鹿鸣馆是明治政府为了接待外国宾客而费尽心血建成的设

---

① 西乡从道（1843-1902），鹿儿岛县人。文部卿、陆军卿、农商务卿、海军大臣、内务大臣、贵族院议员。侯爵爵位。

鹿鸣馆（明治二十六年） 国立国会图书馆藏

施。当时的日本，被欧美诸国逼迫签订各种不平等条约，外国人犯罪时，不但无法适用日本的法律和审判，也不能自由决定进口商品的关税。为了修订不平等条约，政府建造了欧美流派的社交设施，试图给外国人留下日本是文明国家的印象。

可是，明治维新之前是下级武士的政府高官及其妻女，根本不可能在一夜之间就学会穿礼服、拿着刀叉切肉吃西餐、被陌生男人搂在怀中跳西洋舞等这些事。有些高官妻子虽然冠着"伯爵夫人"或"侯爵夫人"头衔，她们甚至根本不识字或前身是艺伎，对她们来说，待在家里穿和服、吃茶泡饭反倒比较轻松。

可政府无论如何都必须修改条约，这时，政府最需要的人才正是舍松这类出过洋、喝过洋水、会说洋话的女子。

《于鹿鸣馆贵妇人慈善会之图》 扬洲周延（1838-1912）画

在这种情况下，穿着一身典雅晚礼服、"看上去很像充满诗意的美丽的犹太人"、与外国人流畅会话、用轻快步伐跳维也纳华尔兹的舍松，会在短期内成为"鹿鸣馆之花""鹿鸣馆的贵妇""鹿鸣馆女王"，也是理所当然。

不过，当时的西洋晚礼服都要穿紧身衣，把腰部勒得喘不过气来，还要穿高跟鞋面带笑容跳华尔兹，应该很辛苦。何况舍松在鹿鸣馆时代生下三个孩子。

召开日本最初的慈善义卖会

有一次，舍松和政府高官夫人们去参观医院。访问医院病房时，舍松看到在病房照料病人的全是男性，大吃一惊。她问院长，"为何不让女性负责护理？"并根据在美国的见闻，向院长说明女性比较适合需有细腻心思的护理工作。

院长答说，"您说得很对，但是，我们经费不够，即便很想成立护士训练班，也心有余而力不足"。舍松听了院长的答话，想起在美国的慈善活动经验，灵机一动，觉得或许可以在日本开设义卖会筹集资金。

于是，在舍松的指挥下，明治十七年（1884）六月十二日至十四日，整整三天，在鹿鸣馆举行了日本第一次的义卖会。因为是上流阶层的夫人和小姐开设店铺卖东西，报纸杂志等媒体大炒特炒，皇族和政府高官搭乘马车和人力车，蜂拥而至，热闹哄哄。

鹿鸣馆二楼的销售区，排列着夫人和小姐们亲手制作的玩偶、手帕、竹器工艺品、点心等，价格都比市价昂贵许多。要是客人不买，就会被内务卿山县有朋夫人、参议西乡从道夫人等纠缠不休，非买不可。

结果，三天期间，入场人数多达1.2万人，收益也远远超过最初目标的1000日元，高达8000日元，全数捐献，当作护士训练班的成立基金。此后，舍松一直关注护士的培育，并推动日本红十字，设立了"笃志看护妇女会"。

明治三十七年（1904）七月，大山以日本军总司令身份出征日俄战争，舍松在后方忙着制作绷带、募款、支持贫困家庭等慈善事业，并写信给美国的艾丽斯，告知详情。

她在信中诉说："日本国民很关心此次战争，他们都愿意忍受任何艰苦，直至获得胜利。上自天皇陛下，下至凡夫工人，所有日本人都团结为一体尽最大努力。没有受到国民支持的军队，绝对无法战胜。此外，美国大众的精神支持，是我们的最大心灵支撑。"

艾丽斯为了帮助舍松，将这封信公开在美国报纸和周刊杂志，向美国民众募款。当时的美国报纸不但称赞大山元帅为"东洋的拿破仑"，更骄傲地报道其夫人是美国东部名门女子大学瓦萨学院的毕业生。响应之大，自不在话下。

舍松的晚年

日俄战争结束后，丈夫从战地平安归来，舍松也总算恢复平静生活。大山秉持军人不应该干预政治的信念，在栃木县那须野开设了农场，过着戴笠荷锄的田夫野老日子。

舍松在写给艾丽斯的信中形容："我们成为'交情很好的老夫妻了'。"

晚年的大山舍松

大正五年（1916）十一月，大山岩陪同大正天皇前往九州岛福冈观看陆军特别大演习，于归途火车上病倒。三星期后，结束了七十五岁的一生。

葬礼是国葬。仪式进行中，舍松始终垂着头，虽然手中握着的扇子扑簌簌地抖动，却没有掉下任何一滴眼泪。

丈夫去世后，舍松自所有正式场合退出，不再露面，也不问余事，过着含饴弄孙的生活。两年后，舍松患上当时非常流行的西班牙型流行性感冒，没多久便追逐丈夫的踪影般，拉下她的人生帷幕。享年五十八。

夫妻俩的遗骨被埋葬在两人于晚年深爱的恬静的那须野田园墓地，墓碑刻着"从一位大勋位公爵大山勋夫人勋四等舍松之墓"。

日本小说家德富芦花，在以大山岩的早夭长女为女主人公写成的小说《不如归》中，将大山舍松描写为恶毒的继母，实在很可恶。德富芦花于作品发表十九年后，舍松临死之际，才正式向读者及相关者公开道歉。

现代有不少日本人很想让NHK拍一部有关大山舍松的大河电视剧，可惜无法如愿。大概因为剧中必须拍摄她的留学时代，而且外语场面相当多，拍不起来吧。

津田梅子

（Tsuda Umeko，1864—1929）

/ 日本女子教育先驱者 /

日本明治时代女子教育先驱者津田梅子，是第一位实现尊重个性的女子教育的教育家，可以说是日本女性史上的才智象征人物。她创立了津田塾大学的前身女子英学塾，为女子教育献出自己的一生，亦是第一个让日本女性明白女子也能拥有与男性同等力量的人。

明治三十一年（1898）五月，美国"妇女俱乐部"于科罗拉多州丹佛召开"万国妇女大会"时，津田梅子代表日本妇女出席，以英文发表如下的演讲：

小时候的津田梅子　　　　　　　查尔斯·兰曼夫妻

　　全世界的女性必须互相携手，努力提高妇女地位。……女性问题受人瞩目的日子应该已近在眼前。……只要提高女性的教育和地位，全世界的女性应该可以自奴隶和玩偶般的不自觉中觉醒，站在男性的合作伙伴立场，获得真正与男性平等的地位。

　　据说，当地报纸都报道，无论内容、态度、声音等，梅子的演说是当天最出色的一个。

最年幼留美女童

　　津田梅子生于元治元年（1864）十二月，昭和四年（1929）八月，虚岁六十五时过世。明治四年（1871），梅子虚岁八岁时

（当时满六岁又十一个月），以日本第一批女子留学生最年少者身份远渡美国。

此后十一年，她寄居在美国东部乔治城（华盛顿哥伦比亚特区）知识分子代表之一的查尔斯·兰曼（Charles Lanman）夫妇家，自当地的私立学校毕业。回国后，由于与家人不合，在伊藤博文家客居半年，一面当伊藤夫人及女儿的家庭英语教师，一面学习日本礼仪，并与当时的政界人物接触。伊藤博文是十一年前率领欧美视察团及五十八名留学生团出国的副使之一。

梅子十八岁刚回国时，是个听不懂也不会说日语的少女。天长节（天皇诞生日）夜晚，她在井上馨外交卿官邸晚会中碰见了伊藤，这时，经伊藤介绍，与下田歌子认识。之后，成为下田歌子开办的"桃夭女塾"英语教师，另一方面，也向歌子学习国语、书法等。

梅子于日后写了一篇文章《回忆》述怀对伊藤的敬爱，但对歌子则只字不提。歌子比梅子年长十岁，无论容貌或私生活，都给人一种类似牡丹的艳丽感觉，梅子却完全没有那种气质。

梅子归国时才十八九岁，正值妙龄，身边不但有伊藤这种大人物的知遇，又逢鹿鸣馆欧化时代，倘若她有心，应该可以像下田歌子或年长五岁的大山舍松那般，过着如花似锦的日子。但是，综观她的人生，竟宛如一片不起眼的叶子，毕生都在给后代女子储存养分。

梅子并非排斥与自己成对比的华丽同性，她的性格似乎偏向理智，而且在有关女子教育这方面的信念和理想，均与同业者的下田歌子不同，自然格格不入。但她和大山舍松以及另一位永井繁子则终生都是挚友。身为明治初期开拓使留学生之一的梅子，出国时虽是个年幼女孩，但在国外养成了类似国家使节的责任感，回国后，显现在她眼前的祖国社会，尤其女性地位，都令她很难接受。特别是她四周那些当时所谓名流妇女的作风，更让她难以消受。

走在时代尖端的女性

送她出国留学的父亲津田仙，是位走在时代前沿、相当有见地的人物，不过，在女儿梅子眼里看来，实际日常生活中的父亲，是个不可理喻的暴君。父亲不但不允许女儿拥有自己的钱包，在女性关系方面，也经常让妻子大伤脑筋。换个立场来看，梅子的父亲的行为其实很正常，日本明治时代的户长就是这样，但对一个在美国成长的少女来说，确实是个专横暴君。

津田仙出生于下总（千叶县）佐仓藩家臣家，幕府末期专研西学，二十五岁时成为幕府直属家臣津田家的婿养子。津田家长女竹子在德川幕府将军继承人列选"御三卿"之一的田安德川家侍奉，得第五代当主德川庆赖（父亲德川齐匡是江户幕府第十一代将军德川家齐的异母弟）宠爱，是德川家达（第四任贵族院议长）、德川达孝（大正天皇侍从长）的生母。梅子的母亲初子是竹子的妹妹。换句话说，梅子与德川家达、德川达孝是表兄妹。

梅子过世后，学校迁移至现在的津田塾大学所在的小平市新校舍时，公爵德川家达也参加了竣工仪式，亲自朗读称颂创立者梅子的英文贺词。大致内容是"津田梅子先生是位远远走在时代前沿，具有看清我们的需求之慧眼的女性"。

身为幕府西学者的津田仙，功绩很大。他在庆应三年（1867）与福泽谕吉等人，随幕府大臣前往美国华盛顿进行幕府订购的军舰领取交涉。明治维新后，辞去官职，在筑地的酒店工作，亲手栽培供客人用的西洋蔬菜，并在数年之间将菜园扩大为广阔农场，更是日本最初实施邮购商业服务的农学者。

明治四年（1871），津田仙成为明治政府设立的开拓使特约人员，因此，开拓使招募女子留学生时，他代女儿梅子报了名。他也是将西式农耕法引进日本的著名人物，在东京麻布设立农学校，并发行《农业杂志》大力介绍西欧的新知识。明治六年（1873）又以书记官身份参加维也纳世博会，从维也纳带回的刺槐种子，日后成为东京的行道树。

总之，这个人物非常不简单。

可是，以津田仙为首，这些在外人眼里看来非常先进的梅子近亲者，在男女关系问题却极为封建，导致梅子不得不到伊藤博文家当门客。那时，也有几个门户相当的人来提亲，却都没谈成。或许，梅子内心认为，在当时的日本无法找到适合自己的人生伴侣。按梅子身处的环境以及亲属成员来说，想得到一门所谓的良缘应该轻而易举，她却选择了一条不同的路。这应该和她的成长环境有关，但也可以说是命中注定。

当时以公费留学的先驱者，大多怀有一种必须带领祖国同胞往前迈步的义务感，何况是第一批留学幼女。再说，四周人也对梅子拭目以待。美国的查尔斯·兰曼家和母亲初子对待梅子的态度，类似对待一位国家使者。众人对梅子的留学成果所怀的期望，远远超越了梅子个人应得的成果。

即便年幼，在这种环境下，梅子肩上的担子其实很重。至今仍留有梅子在美国向学校提交的作文等文章，完全是一个小外交官的口吻。

她们回国后，更屡次接到与诸外国要人交流的招待会邀请，在晚会中以外交官立场和外国要人周旋。因此，不管愿意或不愿意，她们都不得不站在这种立场。

来自东洋的小使节

日本明治时代的革命期，是即便派出未满七岁的幼女前往美国留学，也要举国吸收西欧诸国知识的时期。

负责照顾梅子的查尔斯·兰曼家，是新英格兰系的知识分子。查尔斯的父亲在耶鲁大学专攻法律，担任密歇根州的出纳官员，祖父是康涅狄格州最高法院法官，曾当选上议院议员。查尔斯本人是作家、政府官员、艺术家，因任职美国陆军省图书管理官员、日本公使馆书记官等，又因膝下没有孩子，才成为梅子的寄居家庭。

查尔斯的著作有三十余本，大部分是旅行向导、传记。兰曼夫妇的人际关系中有许多美国东部的文人，例如波士顿文坛的诗人惠蒂埃①、诗人朗费罗②。梅子不但与他们见过面，更是朗费罗的粉丝，背诵了许多他的诗歌。在这种文化氛围浓厚的家庭度过十多年的梅子，人格形成当然会受到很大影响。此外，兰曼夫妇为了向这个来自东洋国家的小使节介绍美国优点，经常带梅子到各处旅行，而且尽量让梅子接触"理想化"的美国。

十一年后，梅子回国时，兰曼夫妻将迄今为止整齐保存下来的所有梅子写的文章，以及寄自日本的信件，通通交给梅子，当作留学期间的财产。甚至建议梅子买一架当时在日本很难买到的钢琴带回去。梅子自幼在兰曼夫妇家学会弹钢琴，她就读的亚契学院（Aarcher Institute）是上流学校，毕业典礼时，总统夫人出

---

① 惠蒂埃（John Greenleaf Whittier, 1807-1893），19世纪美国著名的"新英格兰诗人"之一。

② 朗费罗（Henry Wadsworth Longfellow, 1807-1882），美国诗人、翻译家。

席，梅子还表演了钢琴演奏。

如此，梅子接受了在当时的美国也算是第一级的教育，并不时出席名人聚会，养成在任何场所都能信心十足、举止高雅的习惯。被当作国家小使节的待遇，也形成她贯彻自我的坚强意志。

再度赴美留学

明治二十二年（1889），二十四岁的梅子虽然通过伊藤博文的助力，在贵族女子学校工作了三年，但她不想终生都当英语教师，为了能凭高望远，她决定再度出国留学。

在美国成长的梅子，回国目睹祖国的现状后，感慨万千。虽然她出生在日本，可七岁至十八岁都在美国接受国家使节般的待遇，久违十一年回来后，看到的是美国和日本之间的女性地位的落差，以及女子连自己的钱包都不能拥有的强烈传统男尊女卑思想，她能不为同胞女子的将来焦急吗？

正好在这个时期，大山舍松的美国寄居家庭的小女儿艾丽斯，接受了梅子和舍松的推荐，来日本担任贵族女子学校的讲师。经艾丽斯鼓励，通过父亲友人介绍，并获得校长许可，梅子终于动身前往宾州费城郊外的文理学院（Liberal Arts college,LAC）以及布林茅尔学院（Bryn Mawr College）专攻生物学。

明治二十二年（1889），
再度赴美留学的津田梅子。

　　达尔文的《物种起源》（*On the Origin of Species*）于1859年出版后，不仅科学界，包括文学界等各领域均大开眼界，热衷研究。梅子之所以选择了生物学，或许因为她认为，若想提高女子地位，应该从最基本的生命起源学起。另一个主要原因，是她不像大山舍松、永井繁子那般拥有大学毕业的学士学位。

　　梅子在布林茅尔学院与日后获得诺贝尔生理医学奖的摩尔根教授[①]，共同进行的有关青蛙蛋的研究论文，曾刊登在英国的科学学术杂志。倘若她留在大学继续研究，或许可以在学术界扬名。但是，这时的梅子已决意为教育献出一生，因此又延长了一年留学期间，在纽约奥斯威戈师范学校（State University of New York at Oswego）专攻教育学。梅子在美国这三年期间，除了自

---

① 摩尔根（Thomas Hunt Morgan, 1866-1945），美国遗传学家、现代遗传学之父，约翰霍普金斯大学博士。1933年诺贝尔生理医学奖。

245

己的学业，又完成一项值得同性给予喝彩的功绩。

她向周围的美国朋友、知己募款，设立了基金八千美元的"日本妇女美国奖学金"，每隔四五年，资助一名日本女子出国留学。由此也可看出她的作风和下田歌子完全不同，她的资金全部来自缺乏政治、皇宫背景的个人捐款，这也证明梅子确实具有独特的内在魅力。

实现推动女子教育的梦想

梅子带着八千美元的"日本妇女美国奖学金"基金，于明治二十五年（1892）八月回国，再次回到贵族女子学校工作了约八年。这期间，她不但兼任女子高等师范学校的教授，也接受了英国基督教会知名妇女们的邀请，通过日本政府援助，在英国逗留了半年。

梅子客居英国的半年期间，和当时已八十岁的南丁格尔（Florence Nightingale）见了面，并在牛津大学旁听，又和美国时代的旧友一起到巴黎观光。创立学校的梦想，逐渐在她心中成形，最后在英国见到英格兰圣公会（Church of England）约克大主教，倾诉了自己的梦想，得到大主教的祝福，终于下定决心实现长年来所怀的梦想。

那时候的日本，女子教育风潮已逐渐高涨，但女子高等教育

创立"女子英学塾"当初的津田梅子、爱丽丝·培根、永井繁子、大山舍松（自左而右）。

的程度离男子大学仍相当远，美其名曰"女子大学"，其实内容和专科学校差不多。梅子一直认为，女性若想获得社会地位，应该先接受与男子同等的教育，并争取工作岗位。因而她经常在外国杂志、报纸发表叙述日本女性地位实情的文章。

明治三十三年（1900）九月，梅子终于辞去官职，在父亲、爱丽丝·培根、大山舍松、姐夫等人协助下，于东京曲町创立了"女子英学塾"。她在开学典礼祝词中，表明了自己的教育方针：

刚创立的"女子英学塾"

　　……在大教室教大量学生，或许可以分配知识，但不能实现真正的教育。真正的教育是根据学生的个性，采取不同的教育方法。每一个人的心和气质，就像每一张脸都不同那样，培训和训练方法也要按每一个人的特性而有分别。我要教的真正的教育，最终只能限定在少数人。

　　梅子的教育方针坚持针对少数学生进行个人指导，她不喜欢群众性的普遍性。她想借由提高少数有志女子的能力，期待她们于日后影响其他人。她认为个人与个人之间的信赖关系最有价值，来者不拒，去者不追。日后，学校的规模逐渐发展，她仍旧坚持尽量减少学生，几乎不把营利事项放在心头。不为营利奔走，为了培育有能力的人，向慈善家募款并非羞耻之事。梅子如此想。就这点来说，她的思想倾向美国个人主义。

创立初期的"女子英学塾"，是一间普通的日本房屋，除了六张榻榻米大的食堂、免费担任教授的爱丽丝·培根的房间、十张榻榻米大的讲堂、学生宿舍房间、梅子的房间，其他设备都没有，类似江户时代的私塾。

正如梅子于开学典礼说过，没有豪华校舍和设备也能实行真正的教育那般，热心的教师与数十名学生就这样开学了。学生数在半年内超过30名，第三年达到50名，于是在五番町新建了校舍。

在这期间，梅子收到美国朋友寄来的9000日元捐款，日本国内也有2000日元捐款。此外，梅子的姐夫也帮忙垫付购买土地的金额等，给予很大帮助。当时购置几百坪土地以及新建校舍的资

现在的津田塾大学本馆，东京都选定为具有历史性价值的建筑物。

金，全来自梅子的朋友和近亲者的个人捐款，就此意义来说，梅子相当厉害。

"女子英学塾"于明治三十七年（1904）获得专门学校认可证，所有本科毕业生都不用考试便能得到英语教师执照。这是日本女子学校首次获得如此优惠的例子，而且直至大正十二年（1923），日本女子大学英语专科毕业生获得同样优惠为止，全日本只有津田学塾拥有此特权。这也是全日本的女子学校（日后成为高级中学）的女英语教师都出自"女子英学塾"的主要原因。

获得专门学校的认可之前，梅子没有报酬，她是靠兼任女子高等师范学校的收入，以及皇族家庭教师收入维持自己的生活。成为专门学校后，梅子的报酬是月薪25日元，辞去贵族女子学校时的年薪则为800日元。

晚年的津田梅子

梅子的晚年

如此，学校的经营好不容易才上了轨道。梅子于明治四十年（1907）前往欧洲和美国旅行，访问了罗斯福总统夫妇。大正二年（1913），为了出席万国基督教学生大会，再次赴美，归国时带

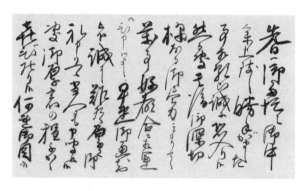

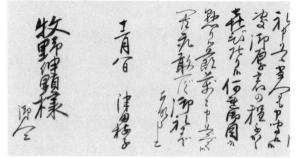

津田梅子生前的笔迹

回将近2万日元的美国朋友的捐款。

　　大正四年（1915），梅子在题为"日本的妇女运动"演讲中
强调，50万名女工、5万名女教师，以及在通信省、电话局工作
的女子，还有女新闻记者、女编辑等，这些职业妇女将成为一股
改变日本女性生活的强大力量。

　　大正六年（1917），梅子因糖尿病而病倒。两年后，她辞去

塾长职位。此时，梅子在日记写下一句："或许，这是一个活动的生命的结束。"

她用英文亲笔写下的这句话，含义很深。

她没有用"我的人生"或"我的活动"之类的说法。她只是冷静地在连续不断的时间中观看着"生命"。"一个活动的生命的结束"，并不代表生命结束后就会一无所有。也因此，她接着写道：

"不需要为自己的事而想不开。在永恒中，我，和我做的事，根本不足为道。毕竟，为了能长出新芽，必须让一粒种子破碎。我和学校的关系，嘿，就是那样。"

她视自己为种子，而她确实也完成了种子的任务。

虽然她没有结婚、没有生子，但是，她孕育出数不清的新芽与新生命。为了给后人铺路，为了让新芽长得更好，她始终小心翼翼维护着质朴的母胎，不让母胎受到当时正兴起的女性启蒙运动的影响。

例如明治四十四年（1911），平冢雷鸟①等人创刊了女性主义运动《青鞜》杂志，社会沸沸扬扬。梅子却与这些人保持相当远的距离。因为这些人相当于盛开的花朵，再美的花，终究也会凋谢，梅子想做的是人们眼睛看不见的种子的工作。

_____

① 平冢雷鸟（1886-1871），战前、战后的女性解放运动指导者。小说家、思想家、评论家。

当一粒种子绽开，表示已经萌芽。为了支撑新芽往上伸长，需要支柱。

梅子认为，当前领导世界的语言是英语，所以暂且让英语成为这些新芽的支柱。往后，这些新芽就得靠自己的力量去争取女性的地位。

昭和三年（1928），梅子过世前一年，捐款多达130余万日元，预定在现在的小平建设新校舍的计划也已上轨道。然而，梅子没有亲眼看到新校舍完成，便于昭和四年（1929）八月十六日，因脑溢血而猝死，享寿六十四。据说，她的晚年过得很平静，每天都在阅读、编织。

津田梅子的墓碑位于津田塾大学校园后边的东北方角落。

鹿鸣馆的
贵妇

　　明治十六年（1883）至二十年（1887），通称"鹿鸣馆时代"，在近代日本文化中，是最特异的一段时期。"鹿鸣馆"这个词算是"欧美文化一边倒"政策的象征，"鹿鸣馆外交"则表示以鹿鸣馆为中心的外交政策。

　　"鹿鸣馆"于昭和十五年（1940）被视为"国耻性的建筑物"而遭拆毁，现在我们已经看不到鹿鸣馆的建筑物。旧地址是东京曲町区内山下町一丁目一番地，也就是现在的千代田区内幸町一丁目，大致位于帝国饭店一旁的NBF日比谷大厦，西边隔着马路，对面是日比谷公园。

　　这一带在江户时代是萨摩藩（鹿儿岛）的别邸，江户人称之为"装束宅邸"，距离江户城正门约一公里半。之所以被称为"装束宅邸"，是因为琉球使节进江户城时，都会在此更衣。鹿鸣馆正门正是"装束宅邸"大门，俗称"黑门"，曾被指定为国宝，可惜在昭和二十年（1945）毁于空袭。

鹿鸣馆于明治十三年（1880）开工，十六年（1883）竣工，是一栋二层建筑砖楼，总面积约1452平方米，工程费约14万日元。

设计者是英国建筑师乔舒亚·康德（Josiah Conder），他以外籍讲师身份来日本，专门负责政府关联的建筑物设计。并在工部大学校（现在的东京大学工学系建筑科）当教授，培育出许多日本建筑家，奠定了明治时代之后的日本建筑业基础。与日本女性结婚，在东京逝世。

鹿鸣馆开馆

竣工后四个月的十一月二十八日，鹿鸣馆举行了华丽的开馆式。

从入口大厅登上豪华的三折回转木造楼梯，可以抵达二楼中央的大舞厅。二楼舞厅总计三间。面向前院，有五道拱形门窗，推开旁边的拱门则可以走至阳台。阳台左右也有五道拱门支撑。舞厅天花板是耀眼的枝形吊灯。一楼是大食堂、聊天室、图书室等，另有酒吧和撞球室。

参加开馆式的内外显贵多达一千多人，外交卿井上馨发表开馆主旨演说。这座建筑物的管辖者是外务省，也就是说，鹿鸣馆

《贵显舞踏略图》　扬洲周延（1838—1912）画

是明治政府为了修改不平等条约而建造的公式"外交建筑物"。

在这里举行的舞会均含有"国际外交"的意义。有资格参加舞会的人，是明治政府的敕任宫、奏任宫、贵族、外国公使等外交官，以及外籍讲师。另外就是这些人的夫人、令娘。

"鹿鸣"取自《诗经·小雅·鹿鸣》的"呦呦鹿鸣，食野之苹。我有嘉宾，鼓瑟吹笙"，表示接待高贵客人的宴会。"鹿鸣"也能联想到雄鹿在求偶季的嚎叫，这些嚎叫有吸引雌鹿、威吓竞争对手两种意义。

事实上，在当时那种凡事欧化主义的潮流中，政府高官的妻子、女儿都被赋予"夫人""令娘"称号。她们在鹿鸣馆的任务类似雌鹿，专门负责吸引外国宾客。

然而，问题正出在这些"夫人""令娘"身上。

舞会中的日本夫人

当时的日本夫人以及令娘，依旧认为封建时代的顺从才是女子美德，亦没有学过西餐礼法。

英国女作家帕特·巴尔（Pat Barr）于其著作《鹿鸣馆》（*The Deer Cry Pavilion: a story of Westerners in Japan*）中描述：

她们不懂得该如何与初次见面的男性轻松闲聊的说话技巧。

如果是往昔，这种事大概会被认为是一种'淫乱'。她们拼命努力想一次完成如何拿鸡尾酒杯、烤面包、叉子和餐巾等，但她们大概和第一次使用筷子的外国人一样，因不会用而感到尴尬。最糟糕的是，男性身穿燕尾服和大礼帽时，夫人们必须用蕾丝把身体绑得紧紧的，而且还得穿沉重的裙子，完全无法行动。

即便如此，只要丈夫和父亲要求她们参加舞会，她们也会遵从，因为这是"妇德"之一。

《鹿鸣馆》又描述：

因此，日本的上流妇女们即便担心出丑，还是像平时那样顺从地穿上西服，在鹿鸣馆的枝形吊灯下，被肩上挂着金色饰绳、满腮胡须的西洋外交官搂在怀中，随着乐团演奏的旋律，团团转地跳着维也纳华尔兹舞。

那是个凡事都必须欧化的时代。

时势比人强，国语改良论、戏剧改良论满天飞，甚至冒出人种改良论。不管什么论，在修改条约这个"大义"名分下，一切都被正当化。

明治二十年（1887）四月二十日，首相官邸举行了一场化装舞会。首相伊藤博文装扮成威尼斯贵族，井上馨、山县有朋等人也都精心装扮。连帝国大学的教授也装扮成日本七福神。外国人更费尽心思地改扮成西洋历史或欧洲神话人物，众人纵酒狂欢、纵情歌舞。

五月，《女学杂志》刊载了一篇伊藤首相于当夜对某位贵族夫人无礼的八卦文章，其他媒体也争相报道批评，结果《女学杂志》遭到停刊处分。此事件的真相，至今仍不明不白，但应该并非媒体报道中所暗示的强奸之类的丑闻，而是政治性的阴谋。虽然伊藤没有因此事件而被迫辞职，却也多少受到影响。

无论鹿鸣馆或首相官邸的日本雄鹿，呦呦发出嚎叫的目的，其实不在修订条约，而在互相威吓、彼此扯后腿上。

现代人观看鹿鸣馆时代的照片或浮世绘时，往往被那些披金戴玉的名媛淑女之外貌所惑，看不到隐藏在她们背后的心酸与悲哀。

所幸，并非每位上流夫人皆如此。

皮耶·罗逖的《江户的舞会》

法国小说家皮耶·罗逖[①]于1885年访问日本时，曾参加鹿鸣馆的派对，日后写了一篇短篇见闻小说《江户的舞会》，收录在

[①] 皮耶·罗逖（Pierre Loti, 1850-1923），原名 Julien Viaud，法国小说家、海军军官，著有《冰岛渔夫》《拉曼邸的恋爱》《菊子夫人》《秋天的日本》等四十余部小说。

短编集《秋天的日本》。

《江户的舞会》采用海军军官的"我"所叙说的见闻录小说形式。故事大意是抵达横滨的"我",收到鹿鸣馆舞会的招待信。受邀客人从横滨搭乘特定火车到达新桥车站,再从车站坐人力车直达鹿鸣馆。上了楼梯,与主办者伯爵夫妻寒暄。

年轻时代的皮耶·罗逖

有关鹿鸣馆的欧洲风味建筑物和宾客的服装,作者的观察力非常出色,但是,文笔极为辛辣。小说中充满自己出身发达国家的优越感,以及某些无恶意的误解。不过,当作参考记录来看的话,其价值不亚于一级史料。

> 鹿鸣馆一点都不美。虽然是欧洲风味的建筑,却因为刚建成,雪白、崭新,很像我国一些疗养地的赌场。

并形容穿不惯燕尾服的日本绅士和官吏"与猴子一模一样"。对女性也毫不客气,批评道:"她们实在太奇妙了。上吊眼睛的微笑、走起路来呈内八字的双腿、扁平的鼻子,完全没有真实的地方。"

描写穿和服的妇女时，对她们的发型特别惊奇。

> 这些妇女最令人难以想象的是她们的发型。乌黑亮丽的头发
> 内侧似乎有骨架支撑，不但涂上光泽，又抹上橡胶汁凝固，看上
> 去像大大开屏的孔雀羽毛，也像一把大扇子，环绕在那张死气沉
> 沉的黄脸周围……结果令头部大小看似与身体同等。正如她们身
> 上穿的硬撅撅的服装夸张出她们的腰部和胸部膨胀不足那般，发
> 型令她们那张压瘪的侧脸更突出。

这里描写的"穿和服的妇女"是宫廷女官或皇族，发型很奇
怪其实很正常，毕竟是宫廷发型。

同"我"跳舞的女子，各个"相貌都一样。她们像小猫似的
故作滑稽，扁平的圆脸，杏仁般细长上吊的双眼在娴静下垂的睫
毛下左右滚动。如果不是身穿这种怪异服装，不装成郑重其事的
态度，而是像一般日本女子，像普通女子那样捧腹大笑的话，应
该是天真可爱的"。

这段描述明显透露出作者和一般日本平民女子接触过。而且
在作者眼中看来，鹿鸣馆舞会中的上流女子因装腔作势、故作姿
态，远远比不上淳朴的平民女子。

至于舞技，则形容为"穿戴着巴黎风味礼服的日本女子，舞

技相当熟练。但是，那是被教熟的技术，完全缺乏个人风格，犹如自动玩偶在跳舞。如果偶尔跳错了舞步，必须止步，重头跳起"。

作者既然看出那是"被教熟的技术"，为何没有更进一步深思她们于幕后的苦练及无奈呢？

《江户的舞会》中的"我"，和不少女子跳了舞。而且，明知不能向穿和服的女性邀舞，还故意去邀舞，结果被郑重拒绝。深夜十二点半时，"我"和某位"令娘"跳了第三次舞，也是最后一支舞。这时，"我"的想象力扩展至"令娘"于舞会结束后的私生活。

她可以用整齐戴上手套的指尖，拿着汤匙漂亮地吃完冰淇淋。然而，过一会儿她回到家，一定会同其他女人一样，在有纸拉门的家中，卸下尖锐的紧腰衣，换上饰有白鹳或什么鸟的和服，趴在地板，进行神道或佛教的祈祷，最后用筷子吃一顿盛在碗里的米饭的消夜。

跳完舞的"我"，和这位小"令娘"到阳台乘凉。威风堂堂的中国人高官也在阳台。阳台的气氛始终很热闹，甚至很吵。德国人喝啤酒喝得醉醺醺，大声唱着歌。接着，事前设置在庭园角落的烟火突然炸开。

之前外面都很黑暗，所以没看到，烟火的亮光映出围拢在鹿鸣馆四周的日本人群众。人们因惊奇而发出奇妙叫声……

《江户的舞会》最后描写"我"从鹿鸣馆返回横滨的情景。

作者深知，日本这个国家打开门户，迎接了文明开化，正在尽一切努力打算尽快与欧美列强并肩，才会产生"鹿鸣馆的舞会"这种讽刺画。

我在那里经常情不自禁地笑出，并非出自恶意。想到他们的服装、他们的举止、他们的舞蹈，都是刚学会的，而且是速成，是基于天皇的命令迫不得已学成的东西时，真的不得不承认，他们是一群惊人的模仿者。

作者既然形容为"惊人的模仿者"，可见鹿鸣馆虽然"雪白、崭新"，很像法国一些疗养地的赌场，但里面进行的一切应该都完美无缺，至少在表面上看来。

芥川龙之介的《舞会》

芥川龙之介的短篇小说《舞会》则发表于大正九年（1920）

芥川龙之介

一月的《新潮》杂志。

此作品明显参照了《江户的舞会》，且不是原文，而是1914年出版的意译日文翻译小说《日本印象记》。《江户的舞会》正是收录在这本意译日文小说内。

小说梗概很简单。

十七岁的名门"令娘"明子，于明治九年（1886）十一月三日夜晚，同父亲出门参加生平第一次的舞会。舞台是鹿鸣馆。明子的美貌迷倒了所有宾客。

在菊花盛开的舞厅，某名陌生法国海军军官邀请明子跳舞。明子与这名穿军服的青年持续跳着华尔兹和波卡舞。受过法语教育与舞蹈训练的明子，和青年对等地聊天，品尝冰淇淋。但是，青年的表情看上去很孤独。

明子向青年承认很想去看看巴黎的舞会，青年却自言自语地答"无论哪里，舞会都是一个样子"。之后，两人在阳台一起观看烟火时，青年军官默默无言望着星光灿烂的星空，明子问青年在想什么，青年说出此篇作品的名言："我在想烟火的事。好比我们人生一样的烟火。"

接着便是小说结尾。

大正七年（1918）秋天，某青年小说家在火车内偶然遇见明子——现在的H老夫人。老夫人看到青年小说家拿着的一束打算送给友人的菊花，想起往事，向青年小说家详细描述了鹿鸣馆舞会的盛况。

青年小说家知道舞会中那位青年海军军官正是法国小说家皮耶·罗逖，自然涌起一股"愉快的兴奋"。青年小说家向老夫人确认了军官的名字，老夫人回说"他叫Julien Viaud"。青年小说家说："这么说是罗逖了。就是写《菊子夫人》的皮耶·罗逖。"

老夫人却喃喃地一再说："不，他不叫罗逖。他叫朱利安·比奥。"

比起罗逖的《江户的舞会》，芥川龙之介的《舞会》全篇彻头彻尾不惜赞美华丽的世界与舞会中那些美丽的女性。

例如明子抵达鹿鸣馆时，便可以听到"台阶上的舞厅，欢乐的管弦乐声，仿佛无法抑制的幸福的低吟，片刻不停地飘荡出来"。至于舞厅，芥川龙之介更一味地描写灿烂的菊花以及绣衣朱履的妇女。

> 到处是盛开的娇美菊花。而且，放眼望去都是等候邀舞的名媛贵妇身上的蕾丝、佩花和象牙扇，在清爽的香水味里，宛如无声的波浪在翻涌。

在芥川的文章中，找不到任何罗逖形容的"与猴子一模一样"的日本人，也找不到"走起路来呈内八字的双腿、扁平的鼻子"的日本女子，以及"很像我国一些疗养地的赌场"之词汇。

即便罗逖的文章透露出作者对东洋新兴国家的蔑视，但他以锐利的观察力描绘出纪实风格的小说，芥川则将其彻底美化，改编为一篇完美的虚构小说。

《江户的舞会》和《舞会》二者之间最大的差异，正是小说的"视点"。换句话说，《江户的舞会》的视点是海军军官的"我"，而《舞会》的视点却是与海军军官跳完最后一支舞的小"令娘"——也就是明子。

从一名十七岁、初次在社交界亮相的少女眼中看来，鹿鸣馆的世界宛如在暗示日本的光明将来，而且也象征伴随文明开化而来的一切光彩，那是梦幻的世界。

对这么一名少女来说，她当然缺乏海军军官的讽刺眼光。

与明子跳舞的青年说的那句"我在想烟火的事。好比我们人生一样的烟火"，正是芥川龙之介想说的。

展开刹那的华丽之美，又立即消失在黑夜的烟火，确实暗示着鹿鸣馆的舞会是今宵为限的舞台。海军军官正是芥川的分身。连在阳台观看烟火，觉得烟火是那么美的明子，也萌生一股"美得令人悲从中来"的感触。

鹿鸣馆时代仅维持了五年，井上馨于明治二十年（1887）九月辞去外务大臣职位后，鹿鸣馆也随之闭幕。虽然之后的数年间依旧开办天皇生日晚会，却完全失去了国际社交界的灿烂色彩。

影响日本女性
的同时代外国女性

日本明治时代始于1868年，两年后的1870年，南北战争终结的美国进行修正宪法，废止奴隶制，并赋予奴隶及所有肤色的人都有选举权。尽管如此，当时的美国女性依旧没有投票权。不仅美国，英国的女性也如此，其他国家的女性亦然……这其实是全球性落后的现实。

法国小说家皮耶·罗逊描写鹿鸣馆舞会情景的《江户的舞会》时，出现在巴黎社交界舞会的女性地位，也和日本上流夫人、令娘没两样。她们穿着用银线织成的裙子，头上戴着装饰无数星星的丝绒发带，腰上系着镶嵌绿宝石和钻石的腰带，发上插着钻石簪子，发出银铃般的笑声，穿梭在男性之间。

换句话说，连最先进的法国女性也停滞在只顾奢侈打扮自己，以趋奉男性为人生目标的"性别"上。

引导女性步入近代的两颗星辰

正是以1870年代为背景，一些与之前的女性迥然不同的女性陆续诞生。这是个很奇怪的时代。

迄今为止留名青史的女性，归根究底都是以"女人"为武器，或者，利用"女人"的立场活跃在男人的缝隙中。但是，对这批新出现的女性来说，她们不但不需要"女人"这个头衔，甚至连"女人"这个名词也失去任何意义。她们以独立的、与男人平等的人格登场，也就是说，不再是"History"，而是该写为"Herstory"。

在这批女性之中，对近代日本的知性女性影响最大的人，是居里夫人（Madame Curie，1867-1934）和俄罗斯的数学家柯瓦列夫斯卡娅（Sofia Kovalevskaya，1850-1891）。正是在这两颗耀眼星辰的引导之下，近代日本接二连三出现了女性学者和女性研究家。

大抵说来，在学术世界中，男人和女人是平等的。女性学者和女性研究家的出现，是一种与女性解放运动完全不同路线的"女性解放"。

居里夫人出生于1867年的波兰。她在贫困环境下成长，毕业于索邦学院[1]。1894年春天，结识了法国物理学家皮埃尔·居

---

[1] Le collège de Sorbonne，巴黎大学前身。

里[①]。皮埃尔·居里看出她具有让学问和婚姻两立的资质，她也在他身上看到同样的梦想。

居里夫人写道："暑假到来时，我们的友情已经成为不可替代的无上至宝，两人都深知，这世上再也找不到比对方更好的伴侣了。"

翌年七月，两人结了婚。1898年，夫妻发现放射性元素钋（Po）和镭（Ra），与亨利·贝克勒[②]共同获得了1903年的诺贝尔物理学奖。居里夫人也因此成为历史上第一个获得诺贝尔奖的女性。

婚后第十二年的1906年，皮埃尔在一场马车车祸中丧命。苦恼的居里夫人鼓励自己："纵使变成失去灵魂的脱壳，仍然必须持续研究。"

1911年，居里夫人又因成功分离了镭元素而获得诺贝尔化学奖。她是历史上第一个获得两项诺贝尔奖的人，而且是在两个不同领域获得。

柯瓦列夫斯卡娅则生于1850年。当时的俄罗斯女性不能接受高等教育。为了研究学术，她决心不顾一切，于1868年和古生物学、地质学学者假结婚并出国，在柏林大学当非正式的旁听生。

1874年，以偏微分方程等两篇论文获得学位。这一年，她和丈夫的假结婚变成真结婚，也在这一年回到俄罗斯。可是，即便

---

① 皮埃尔·居里（Pierre Curie, 1859-1906），法国物理学家、化学家。

② 亨利·贝克勒（Henri Becquerel, 1852-1908），法国物理学家。

她获得学位，即便她在数学界已名高天下，却因为性别是女性，依旧无法在大学教书，最高的职位竟然是小学算数老师。

灰心之余，她远离了学术界，在社交界登场，并因具有文才，也伸展至文学界。1878年生了一个女儿后，才再度燃起对数学的热情火焰。

1883年三月，她在巴黎逗留时，丈夫自杀了。受到打击的她陷于蛰居、拒食、神志不清的状态。清醒时，就在笔记本胡乱写着算式，过着颓废生活。同年秋天才恢复。

1884年，柯瓦列夫斯卡娅终于成为北欧第一位女教授，到斯德哥尔摩大学就任。之后，因"刚体绕定点旋转问题"论文而获得法兰西科学院鲍廷奖（Prix Bordin）。同一年，成为全球最早担任科技学术期刊的女编辑。

遗憾的是，她在1891年得了流行性感冒，因并发肺炎而过世，享年四十一岁。不过，由于她得天独厚具有的文笔才能，她的自传给日本女性带来很大影响。

提油灯的贵妇人

另一个影响日本女性的人是南丁格尔。

南丁格尔出生于意大利一个英国富裕士绅的家庭，却立志当护士。当时的人认为护士是最下贱的职业，有时也兼任酗酒的娼妇。尽管父母和周围的人强烈反对，南丁格尔依旧贯彻到底。

1853年，美国海军将领马修·培理率领黑船打开坚持锁国政策的日本国门，日本国内物情骚然。在欧洲，则是克里米亚战争爆发。许多英国官兵被送到战场，南丁格尔听闻野战医院的惨状时，决心前往只有男人存在的严酷世界——战场。

她在战场超人地工作。有时持续站着二十小时护理伤兵，每夜提着油灯巡回宽广的医院，安慰伤员。通过她的努力，死亡率从42%降至2%，人们赞誉她为"提油灯的贵妇人"。

战后，她又致力培训护士及医院改革，真挚地献身于近代护理法。她在克利米亚战争随军的三十七岁那一年，因心脏病发作而倒下，此后一直受困于慢性疲劳症候群。去世之前的大约五十年期间，她几乎都在床上度过，精神支柱是写书和写信件。

要将南丁格尔看成是明治时代同时代的人，似乎有点勉强。但是，明治时代的教科书收录了她的事迹，就精神方面来说，她确实给明治日本带来很大影响。

影响日本女性最大的人物

其他亦有许多外国女性影响了日本女性，例如帮助英国女性赢得投票权的妇女参政运动领导者艾米琳·潘克斯特（Emmeline Pankhurst，1858-1928），以及德国共产党奠基人之一的罗莎・卢森堡（Rosa Luxemburg，1871–1919），另有瑞士的教育学者、女性运动家的爱伦・凯（Ellen Karolina Sofia Key，1849–1926）等人。

她们都是女性自觉意识觉醒的女性。她们的实际行动或许各有差异，却不折不扣是亨利・易卜生[①]著作《玩偶之家》（*A Doll's House*）[②]中的娜拉。

娜拉一直活在传统的婚姻制度下，丈夫视她为需要溺爱纵容并责骂的小孩子，并以带轻视、贬低的称呼唤她，例如"小云雀"和"松鼠"。娜拉为了丈夫，始终在扮演一个头脑简单的幼稚妻子角色。

后来她觉醒了。

她发现从前她在家被父亲当作玩具，婚后，她的丈夫亦当她是玩偶妻子。娜拉决定离开，寻找真正的自己和了解自己的生存意义。

戏剧以娜拉离开，啪嗒一声关上门的声音为结尾。

易卜生于1879年写了这篇剧作，也就是明治十二年。

给明治日本女性带来最大影响的同时代的外国女性，说不定正是娜拉。

[①] 亨利・易卜生（Henrik Johan Ibsen，1828-1906），挪威剧作家，现代现实主义戏剧的创始人。

[②] 亨利・易卜生于 1879 年的剧作，亦是他的代表作品，又译作《娜拉》。

附 录

日本明治时代生活史年表

（明治元年—明治三十年／ 1868－1897）

1868　明治元年

1月　发出"王政复古"大号令。

1月　皇室第一次命大膳职做肉类菜。

1月　新政府订定每月有1和6的数字之日为假日。行政机关上班
　　时间是上午10点至下午4点。

2月　德川庆喜允许家臣自由买卖、出租武士宅邸及拜领的宅邸。

4月　政府军进入江户，废止大名（诸侯）的妻子与孩子不能离
　　开江户的制度。

4月　东京神田出现第一家西洋洗衣店。

7月　天皇发出将"江户"改称为"东京"的诏书。

8月　会津城陷落，多数藩士子女战死、自杀，瓜生岩子开设
　　"日新馆"养育孤儿。

8月　东京筑地酒店落成。具有壁炉、抽水马桶等近代设备，日
　　本第一家近代西式酒店。

10月　明治天皇在银座坐车游行。首次银座游行。

10月　"江户城"被定为皇居，改称为"东京城"。

12月　禁止产婆贩卖堕胎药并为妇女堕胎。

＊美国芝加哥奥尔顿铁路公司（Chicago and Alton Railroad）首次
　运行餐车。

＊法国发明干电池。

＊德国开始近代整形外科。

1869　明治二年

1月　旅游自由制度开始。

1月　废除关所，允许妇女自由旅行。

2月　禁止男女混浴。

3月　废止两、分之四进法，采用元、钱的十进法。

10月　横滨灯台官厅和法院之间铺设电线，进行首次电话实验。
　　　日本第一部电话。

12月　东京-横滨开通电信，开始处理公共电报。

12月　全国被分成3府271藩46县。

＊流行西洋棋（国际象棋）。

＊坐垫在一般家庭普及。

＊第一次进口避孕套。

＊吸尘器在美国首次上市。

＊英国伦敦建设世界最初的混凝土桥。

1870 明治三年

1月 制定"日之丸"（太阳旗）为国旗。

2月 名古屋藩开设女学校。

2月 政府禁止贵族染牙（用铁浆把牙齿染黑）、画眉（画在额头上的眉毛）。

9月 美国荷兰改革教会（Dutch Reformed Church in America）的传教士吉德女士（Mary Eddy Kidder，1834–1910），在横滨赫本"平文塾"任教，开始女子教育。两年后自己开办学校，之后发展成为菲利斯神学校，即现在的菲利斯女子学院（Ferris University）。日本最初的女子教育机关。

4月 实施种痘。新政府下令各府藩县地方政府，连偏僻地方也要进行种痘。

9月 允许平民冠姓（四民平等）。

12月 第一家牛肉销售店在静冈开张。

＊英国邮政省发行全球首次的邮政明信片。

＊英国，义务教育制度化。

＊美国密歇根大学自1817年创立以来，第一次允许女性入学。

＊美国纽约开通地铁。

1871 明治四年

3月 公布户口编制法，各户住宅均必须订定地址号码。

4月 颁布《妓女性病防治法》。

4月　发行日本最初的邮票。

4月　允许平民骑马。

7月　国内旅游自由化。

7月　天皇公布"废藩置县"的诏书。全国3府302县。

8月　允许华族（贵族）、士族（武士阶级）、平民之间通婚。

8月　政府机关开始使用进口椅子。制作大名轿子的东京手艺人在
长崎跟着外国人学习组装椅子技术，在东京开始制作椅子。

9月　官吏的岁禄成为月薪。

9月　在皇居旧城堡中心，每天正午击出空炮报时。直至1929年4
月，持续了58年。报时的开始。

11月　宫中早餐开始换为面包和牛奶。

11月　津田梅子（9岁）、山川舍松（12岁）等5人，随岩仓具视
使节团赴美，日本最初的女子留学生。

12月　允许贵族、士族从事农工商业。

＊东京的人力车4万台，京都仅有数十台。

＊东京流行骑马，但禁止夜间通行，以及无灯笼骑马。

＊武士失业者改行金属手工、扇子工匠的人剧增。

＊德意志帝国成立。

＊美国的爱迪生发明打字电报。

1872　明治五年

1月　实施户口调查。总人口3311.0825万人，其中女性1631.4667

万人，男性1679.6158万人。族群称呼为皇族、贵族、士族、平民4种。

2月　日本文部省在大学高中校内设立女子学校。

2月　东京府实施1日3次邮递。

3月　高野山解除女人禁制。

4月　允许僧侣肉食、成家、留发，以及法事外穿便服。

4月　东京府禁止女子剪成短发。

4月　准许女子登富士山。

4月　制定星期日为休假日。

6月　禁止自葬，葬礼必定请神官、僧侣主办。禁止在私有耕地一部分埋葬遗体。

8月　制定学制。在全国分学区，各学区内各自设立大学、初中、小学，期望全国国民就学。义务教育的开端。

8月　《东京日日新闻》刊登招聘乳母广告，日本首次招聘广告。

8月　司法省开始拍摄杀人犯的照片。

10月　禁止人口买卖，娼妓合同期限制度，改为五年满期。

11月　国营富冈丝绸工厂开业。

11月　明治政府公布废止阴历，采用太阳历（以12月3日为明治六年一月一日），并采用1天24小时制。

11月　准许女性观看大相扑。

＊新词"美术"诞生。工部大学校长绞尽脑汁将英文的"Fine Art"翻译成汉字"美术"，但本人似乎略为不满，因为"Fine Art"包括音乐和文艺。

＊秋千逐渐普及。

＊美国设置全球最初的国立公园。

1873　明治六年

1月　妻妾以外的妇女生的孩子为私生子，由女方负责抚养，若男方承认是自己的孩子，可以成为孩子的法定父亲。

1月　准许女子成为户主。

1月　准许尼姑蓄发、吃肉、结婚、还俗。

3月　准许男女与外国人结婚。

4月　政府宣布狗饲主要申报家犬户口。

5月　准许妻子的离婚请求；准许妾升级为妻。

6月　日本最初的银行——第一国立银行成立，现在的第一劝业银行。

8月　设立陆军省军医学校，并开设兽医学科。日本第一个西洋兽医学科。

10月　东京开始销售取暖炉。

11月　青森县岩木山，女性首次登山。

12月　准许寡妇户主招赘。

12月　发行邮政明信片，1张5厘。

＊开始制造国产肥皂。

＊日本最初的"小学读本"（小学课本）第一次出现汉字新词"时间"。

＊英国禁止雇用8岁以下的儿童。

*英国出现最初的卧铺车。

*美国第一次出现新词"生态学"（Ecology）。

*美国旧金山实际运行全球最初的缆车。

1874　明治七年

2月　制订年龄计算法，采用"几年几月几日"格式。

3月　国立学校星期日停课。

5月　政府规定夫妻离婚时，孩子的户籍归父方，若欲归母方，
　　　必须向官署申报登记。

11月　《读卖新闻》创刊。

*东京出现1天送3次盒饭的便当店。

*开始制造国产铅笔。

*煤油灯（玻璃灯）迅速普及，方形纸罩座灯（油灯）逐渐消
　失。

*国产人力手动消防泵完成。

*房屋开始装设避雷针。

*文部省医务局长创出汉字新词"卫生"。

*开始出售彩色浮世绘版报纸。让当时受欢迎的插图画家画出报纸
　热门话题的凶杀案、八卦、奇谈等浮世绘。

*法国禁止工厂雇用不满13岁的儿童。

*美国实现完全机械化的皮鞋制造。

*英国制造3轮电动车。

1875　明治八年

2月　国家首次正式雇用女工（大藏省纸币宿舍）。

3月　禁止对女囚施行"棒锁"。"棒锁"是在腰部系上铁链，下垂的铁链前端固定在面积仅容许双脚站立的平台上，囚人不能移动也不能躺下，全天候罚站，就地排泄。

4月　东京开始制造火柴。

4月　东京实施邮政存款，为世界第四个。

6月　东京夜市繁盛，从今川桥到眼镜桥排列450家夜店。

8月　北海道开拓使团举行女子学校开学典礼。

＊开始制造西式眼镜。

＊东京银座的下水道工程竣工。日本最初的现代化下水道。

＊全国的小学2.4225万所，大体上全国各镇村都有学校。

＊伦敦开设最初的四轮滑冰场。

＊美国设计出瓦楞纸板。

＊英国解放被认为是虐待行为的烟筒打扫儿童。

＊牙科用电钻头在美国登场。

＊美国制造打字机。

＊奥地利完成印刷制版法。

＊丹麦的诺贝尔发明胶质炸药。

1876　明治九年

1月　全国人口3433.8404万人，户数729.3110万户。

1月　北海道完成环道邮政路线。

1月　东京警视厅制定卖淫惩罚条例。

2月　大阪-京都（43.1km）铁路全线通车。京都-神户开始运行
直达列车。

3月　大阪府立医院开创产婆教育，并授予执照，是日本最初的
产婆执照。

5月　东京上野公园开园。

8月　撤消、合并府县，全国变成3府35县。

9月　设立私立华族学校，女子也可以入学。

11月　东京女子师范学校开设日本第一所附属幼稚园，入园者为
75名2—6岁幼儿，托儿费一个月25钱。

12月　规定各家各户必须在大门挂上记载姓名、地址门号的名牌。

12月　全国人力车达12万台。

＊汉字新词"家庭"普及。

＊小学2.4947万。公立2.3487万，私立1460所，教员数5.2262万人。

＊农学者津田仙，通过农业杂志销售海外的种苗。邮购的开始。

＊国产橡胶气球上市。

＊开始在日本观测臭氧层。

＊美国开始销售蕃茄酱。

＊美国制造全球最初的地毯吸尘器。

＊俄罗斯发明弧光灯。

＊英国公布初等教育条例。禁止雇用10岁以下的儿童，规定儿童
教育是父母的义务。

★美国纽约中央公园完成。

1877 明治十年

2月 东京帝国大学首次设置女子专用厕所。

6月 《邮便报知新闻》报道"西南战争"、山口县士族叛乱的
    "萩之乱"时，用了汉字新词"号外"。第一次使用"号
    外"这个词。

6月 警视厅制定最初的交通规则，禁止酩酊大醉者驾驶马车。

7月 东京府开始招募小学女子教员。

7月 东京女子师范学校制定女教师名称为"保姆"，"姆"为
    慈母之意。

7月 京都流行冰水店，2年前没有人卖冰水，今年夏天变成1町
    有10家店。

7月 京都府向家犬和艺人征税。家犬1只1个月25钱，艺人指演
    员、落语家、军纪说书家、三弦老师，1个月1元。

8月 东京上野第1次劝业博览会初次设置美术馆，汉字新词"美
    术"成为公共语。

9月 函馆地方厅公布，向捕杀熊、狼的人每头支付2元。札幌中
    央厅也一样。

10月 私立华族学校开学典礼，天皇出席，授予"学习院"称号。

11月 东京的牛肉铺558家。

★女用阳伞初次登场。

★东京的西洋洗衣店10家。

＊长崎建成日本最初的罐头工厂。

＊长崎的摄影师上野彦马带着两名弟子拍摄"西南战争"，日本首次的随军摄影。

＊美国爱迪生发明留声机。

＊德国开发最初的滑翔机。

＊美国波士顿设立第一家汽车工厂。

1878　明治十一年

3月　少女之间流行穿衬衫。

4月　东京府立医院设置产妇分娩室。

4月　工部大学校舍落成，举行开校典礼。有电信、建筑、实地化学、采矿学、镕铸学等7学科。现在的东京大学工学系。

4月　完成完全由日本工程师制造的军舰。

5月　富山县500名渔民主妇因县内白米短缺，发动阻止三菱汽船运输县内白米出海的抗议活动，6人被捕。

6月　大藏省纸币局向600多名男女工人提供工作服。

6月　日本最初的广告代办业在东京银座开业。

6月　东京的人力车把附带出售报纸当做服务项目的车夫剧增。

11月　东京女子师范学校第一次推广学校体操。

＊青森、千叶、山梨、高知、岛根、鸟取、鹿儿岛县等纷纷设立女子师范学校。

＊小学授课1日5小时，1周30小时，星期日放假。科目是朗读、毛笔字、算术、国语、地理5科。

＊全国的小学入学率41.2%，男57.5%，女23.5%。

＊开始制造无边眼镜。

＊流行毒妇小说。

＊都市的人口（人口超过10万的只有5市）

东京　　67万人

大阪　　29万人

京都　　23万人

名古屋　11万人

金泽　　10万人

＊美国发行全球第一本电话簿。记载着50名加入者。

＊美国爱迪生电灯公司成立。

＊英国伦敦开始销售方糖。

＊英国发明麦克风。

1879　明治十二年

1月　高桥阿传被处刑，明治时代最后一名被处斩首刑的例子，
　　　并对处刑后的尸体实施解剖。

2月　内务省正式颁发产婆毕业证书。

2月　神奈川县开始制造日本最初的火腿。

5月　宫中的雅乐课开始练习钢琴。

5月　长崎造船所船坞竣工，全长140米，是当时东方国家中规模
　　　最大的船坞。

8月　为预防霍乱，禁止销售蔬菜、鱼类，导致各地发生抢米商案件。

8月　嘉仁亲王（大正天皇）诞生。

12月　发行往返明信片。

*全国各地的学校纷纷开设附属幼稚园。东京开设第一所私立幼稚园。

*东京府下的自行车数1063台。

*霍乱发生。全国患者数16.8314万人，死亡10.1364万人。

*名古屋在消防泵首次使用软水龙带，之前都是人力手动消防泵。

*英国最初的餐车登场。

*德国发现淋菌。

*德国首次开设心理学讲座。

1880　明治十三年

2月　某杂货店在横滨车站月台开店。车站售货亭第1号。

2月　奈良公园开园。

3月　东京本所火柴工厂实施女工夜间教育。

4月　东京府下的公立学校新设学校唱歌科目（音乐课）。

5月　日本基督教青年会（YMCA）在东京创立。

7月　宫城医院首次招募4名护士。

8月　函馆医院设置海水浴场，实施妇女子宫病治疗实验。

9月　冈山医学校首次将妇人科设为独立科目。

10月　日本国歌"君之代"完成。

12月　日本官厅贵族院首次雇用8名女侍。

＊发生抵制进口货、奖励国货运动。

＊开始制造怀表。

＊禁止男性从事产婆业。

＊东京附近的摄影师共151人，其中，浅草30人。京都府的摄影
　师共43人。

＊德岛县从高知县独立。

＊挪威发现麻风杆菌（韩森氏杆菌）。

＊狂犬病预防在法国成功。

＊德国发现斑疹伤寒菌。

＊英国伦敦大学，授予女子学位。

＊在阿拉斯加发现金矿，淘金热开始。

1881　明治十四年

1月　东京气候严寒，隅田川结了一层厚冰，小孩可以在河面冰
　上渡行。

5月　《石川新闻》首次刊登某男子的征婚广告。

7月　日本首家人寿保险公司"明治生命保险"开业。契约者883人。

8月　正式称呼东京大学本科生为"学生"，其他小学生与大学
　生则称为"生徒"。

9月　日本首家兽医学校"私立兽医学校"在东京建校。日本兽
　医畜产大学的前身。

9月　设置鸟取县。

12月　制定消防官的制服制帽。

12月　牛肉锅铺"伊吕波"在东京开店。此后，20多年内又开张了将近20家连锁店。日本连锁店的鼻祖。

＊札幌农业学校演武场（练武之所）屋顶安置钟楼。日后成为札幌地标"札幌钟楼"。

＊每天夜晚，点灯夫会为排列于东京京桥大道上的煤气路灯一支支点灯。

＊神功皇后肖像的纸币登场。肖像纸币第1号。

＊明治四年十一月前往美国留学的5少女之一，永井繁回国。不久，举行日本首次的钢琴独奏会。

＊开始制造风琴。

＊美国开始批量生产钢架预铸建筑。

＊美国发明使用胶卷的照相机。

1882　明治十五年

1月　北海道的阿伊努族3763户，1.6933万人。

1月　邮筒从柱子架式改为竖立箱子式。

2月　废止北海道开拓使，设置函馆、札幌、根室3县。

3月　东京上野动物园开园，并开设附属的博物馆。日本最早的动物园。入园费平日1钱5厘，星期天2钱，5岁以下免费。

3月　关西流行女子演讲。

5月　三重纺织所开业，雇用60名旧藩士子女，制定男女技工管理规则。工作时间、休假、制服等均为近代化规则。

6月　在美国留学的山川舍松从美国的大学毕业。

6月　《读卖新闻》漫画栏登场。

6月　东京，新桥–日本桥马车铁路开通。日本最初的马车铁路。

7月　高知县流行给女子取名为"自由子"，男子则为"自由太郎""自由吉""自治之助"等。"自由""自治"这两个词非常流行。

7月　日本扇子在意大利大受欢迎，出口年均突破50万。价格是100把4–5元。

11月　东京电灯公司成立事务所，在银座2丁目大仓组前展示2000烛光的弧光灯。一般大众首次看到电灯。

12月　皇宫内庭首次点电灯，天皇观览。

＊自行车普及为女子运动项目之一。

＊东京的面包店116家。豆沙面包1个1钱。

＊结婚总数约31万组，平均年龄男25岁10个月，女21岁8个月。（内务省调查）

＊在上野公园一角开设动物园，开园初，园内可以称得上"猛兽"的动物只有棕熊。明治十九年（1886），带着众多动物来日本表演的意大利马戏团在神田秋叶原演出。演出期间，马戏团的老虎生了3头小老虎。马戏团将其中公、母各1头与上野动物园的2头棕熊交换。翌年公开后，小老虎一跃成为动物园的明星，年均20万左右的入园者增至24万。明治二十一年（1888）又加入印度象后，入园者突破35万人。

＊美国纽约开始火力发电的电灯事业。爱迪生在人类史上首次打开开关，点亮400个电灯。

＊意大利为治疗肺结核首创人工气胸。

＊德国发现肺结核菌。

＊丹麦完成最初的实用潜水艇。

1883 明治十六年

1月 全国基督教信徒剧增。

2月 东京气象台聚集全国11处气象观测所的气象观测数据，开始制作天气图。3月1日以后，每天印刷分发。

2月 东京大雪，积雪4尺深。交通断绝，白木屋（东急百货公司，1999年关闭）创下客人0人的珍奇记录。

3月 京都府立女红场的体操课，以"体操对嫁人无益"为由，退学者接二连三。

4月 大藏省印刷局，因清晨开始工作，决定免费提供男女工早餐。

5月 东京气象台，发布日本首次的暴风雨警报。

5月 警视厅指示让孩子挂上防止走失的姓名住址牌。

6月 派出所开始使用红灯。

7月 鹿鸣馆落成。

8月 大阪纺织公司开业，并开始实施深夜作业，之后，纺织业的夜间工作急速一般化。男工最初工资以1日2升米份为基准的12钱，女工则为7钱。这一年的米价是1升6-7钱。

11月 鹿鸣馆举行开馆仪式。

12月 修改征兵令。兵役年限延长至现役3年、预备4年、后备5年，计12年，并创设现役志愿军等，彻底进行国民皆兵主义。

＊明治八年（1875），东京气象台成立，直至明治十六年
（1883），全国约有20处气象观测所。3月1日开始发行天气
图，5月26日发出第1号暴风雨警报。内容是四国、关西方面有
暴风雨的危险。当时将暴风雨警报打成电报通知各地的政府机
关和报社，非常繁忙。警报正确，神户和北陆沿岸的船均停止
起航，防止了大损失。在亚洲也是首次。

＊全国各地开始兴办少年棒球队。

＊开始正式制造西餐餐具。

＊横滨外国人居民总数3468人。英国人618人，美国人255人，法
国、德国人共116人，清国2154人。

＊芝加哥–纽约开通电话。

＊英国实验生产人造纤维。

＊德国发明空气净化设备。

＊伦敦的地铁站设置明信片自动售货机。自动售货机第1号。

＊纽约布鲁克林大桥开通。

1884　明治十七年

1月　东京大学第一医院开设妇人科，也设置产房，女子可以住
院生孩子。亦设置眼科病房。

4月　学习院成为宫内厅管辖的国立学校。以前是贵族会馆经营
的私立学校。

6月　日本第一部妇女杂志《女学杂志》创刊。

6月　允许女性医师开业。

6月　东京气象台开始天气预报。派出所开始张贴天气预报布告。

7月　制定贵族令，爵位区分为公、侯、伯、子、男五爵。

8月　东京、大阪之外，名古屋、熊本、广岛也开始实施正午击出空炮的报时制度。

11月　宫城监狱新设女子牢房，收容各地的女囚。

11月　东京浅草公园设置40把铁制长椅。

12月　东京大学医学系开始为市内的产妇出诊，因为是学生研究用，车钱、诊察费、手术费等全部免费。

＊用进口理发器理头普及。

＊美国保险营业员设计钢笔，取得专利。

＊泰国王室珍藏的暹罗猫被带到英国繁殖。

＊德国首次开通有轨电车。

1885　明治十八年

1月　下令贵族女性一定要取名为"某某子"。

1月　乐队游行宣传广告商在东京登场。

2月　行人在路上遇见军队时，为避免撞到军人右肩的枪，必须右侧通行。

3月　荻野吟子，国家医术后期考试合格，成为日本最初的女医师。

5月　荻野吟子开办妇科医院。

7月　实施国内电报费定价制。一律字数制，10字以内15钱，每增加10字10钱。

7月　宇都宫车站开始销售车站便当。日本最早的车站便当。包着咸梅洒上芝麻的白米饭团2个，配上腌萝卜，用竹皮包起，价格5钱。当时荞麦面1碗1钱，所以车站便当不算便宜。

8月　日本的专利第1号，防锈涂料被批准。专利2、3、4号是改良制茶机。

8月　小学的课程编入珠算。

9月　东京女子高等师范学校将制服定为洋装。准许学生束发。"束发"意指仿效西方妇女把长发松软地束成发髻，夜晚睡觉时可以放下。传统的日本发型需要抹油，无法随意放松。

9月　设立东京女梳发师同业工会。工会会员约4千人。当时，梳发店的价格是5钱至15钱。

11月　华族女子学校建校典礼（皇后出席），室内体育馆竣工。

12月　福井县出现日本第一位有执照的女性药剂师。

12月　扑克牌上市。

＊女性开始流行束发。

＊陆军省决定采用面包为军粮。

＊国产墨水上市。

＊京都地区流行饲养洋犬。以前70–80元的洋犬涨价至100元，10元的洋犬也涨至17–18元。

＊美国开始销售冷冻机。

1886　明治十九年

1月　北海道废止3县，设立北海道厅。

3月　公布帝国大学令，东京大学改称"东京帝国大学"。

3月　京都出现日本第一位拥有执照的女兽医。

5月　甲府雨宫制丝场，减薪，将日薪32～33钱降低了10钱，而且依据迟到、早退，均大幅扣除工资，导致女工施行罢工运动。日本最早的近代式罢工。

6月　年轻女子之间流行将白手帕缠在脖子上。

6月　决定让宫中女官换穿洋装。外侨纷纷反对。

11月　泥瓦匠、木匠、屋顶匠、砖匠、家具匠等日本建筑的工匠21人出发到德国留学3年。

12月　冲绳废止女性纹身。

＊长崎流行霍乱，夏季侵入大阪、东京，并扩展至青森、北海道，12月结束。全国患者15.5923万人，10.8405万人死亡。

＊缅甸成为英国的殖民地。

1887　明治二十年

1月　皇后公布"奖励洋装思召书"。

2月　东京流行饲养日本狆。

3月　公布所得税法。向年收入300元以上的人征税，不向法人征税。

4月　警视厅制定垃圾管制法，规定各家各户设置垃圾容器，并指定全国200多家垃圾清运企业。

4月　报纸首次介绍欧美习惯的"愚人节"。

4月　禁止说书人和落语家以罪犯的一生为题材。

8月　京都府开设乳母检查所，并颁发检查证给乳质优良的母亲。

10月　横滨，日本首次近代自来水供水。

11月　奈良县从大阪府分离。

12月　上野–仙台开通铁路。

＊护士第一期生毕业。

＊西餐馆饭后送出咖啡的习惯普及。

＊汽水上市。

＊全国100岁以上的老人97人。44人是100岁，最高龄是110岁。

＊为了配合学校的时间，时钟在农村普及。

＊隐形眼镜在德国诞生。

＊巴黎–布鲁塞尔之间开通全球最初的国际电话。

1888　明治二十一年

1月　东京三井吴服店（三越百货公司）从法国邀请缝纫师，开设了西服部。

1月　资生堂开始销售牙膏。之前是牙粉。

2月　明治天皇王子夭亡，宫内的中医侍医全被解聘，采用西医。

3月　政府公报开始每天刊登天气预报。报纸也开始刊载天气预报。

4月　学校出现固定黑板。

4月　帝国大学医科大学首次设置小儿科。

4月　日本第一家咖啡吃茶店在东京上野开张。

7月　神奈川县在海滨浴场设置男女区域，禁止男女混泳。

8月　在冲绳没有任何女孩愿意和短发者结婚。

10月　皇居完成。首次设置德国式蒸气暖气。

11月　2名女医加入东京医生会。

11月　第一部少年杂志《少年园》创刊。

12月　文部省规定每年4月进行学生健康检查，并须申报结果。
　　　日本学校体检的开始。

12月　姬路车站首次销售"幕之内便当"。菜肴是烤鱼、鱼糕、
　　　煎鸡蛋、粟子甜糕、奈良渍，包装也从竹皮变成薄木片盒
　　　子。正式的车站便当的开始。

12月　皇居的二重桥完成。长24.2m。

12月　第一次进口圣诞卡。

＊流行瓶中装玻璃珠的汽水。

＊巴西议会通过奴隶解放法案。

＊德国开始建设混凝土道路。

1889　明治二十二年

1月　修改征兵令。废止缓期征收制，采用国民皆兵主义，并制
　　　定1年志愿军制度。

1月　东京–热海之间公用长途电话开始通话。1通5分以内15钱。

2月　东京上野公园公开2头小老虎。

2月　皇室典范制定只有男子才有资格成为天皇继任者，《女学
　　　杂志》发文批判"女性的肚子并非出租房子"。

3月　北海道厅为保护驯鹿，禁止猎鹿。5月，禁止猎仙鹤。

4月　大阪北野茶馆9层建筑、高39m的凌云阁落成。

6月　公布工人的"养老残疾保险法"。对70岁以上的老人和无法成为事故保险对象的残疾者，支付由工人、使用者、国家3者负担的养老金。

7月　教育机关流行使用幻灯片。

7月　山梨县女子师范学校学生前往京都修学旅行，第一次日本女学生修学旅行。

7月　大日本妇女卫生会出现女子速记。女子速记的开始。

8月　神奈川县大矶海岸出现穿泳衣的妇女，成为社会话题。

11月　内务省禁止销售分发裸体美人画。

11月　歌舞伎座开幕。

＊流行怀表。

＊东京流行章鱼烧，人气持续10年。

＊意大利向宫内省奉献豚鼠，民间也流行饲养豚鼠。

＊为纪念法国大革命100周年，巴黎建设埃菲尔铁塔。

1890　明治二十三年

1月　针对束发的流行，日本发型复活。

5月　女子学生的投稿杂志《女学生》创刊。

8月　警视厅决定默认混杂女演员和旦角的男女共同演剧。

9月　通信省东京电话局募集、采用女性电话接线员，资格是小学高等科毕业。

9月　仅由日本技术人员组成的小组，第一次在津轻海峡的函馆－

二本木之间，敷设海底电信线成功。

11月　盲人教育采用盲文。

11月　东京浅草12层的凌云阁开业。日本最早的电梯开始运用。

11月　首次开演女角力。

11月　东京市内的15处邮局和电话局，横滨1处，设置日本最初的公用电话。

12月　东京盲哑学校的教员完成日文50音盲文表。日本盲文诞生。

＊男子的针织品上衣、开襟毛衣、西装夹克开始普及。

＊英国伦敦开通地铁。

＊意大利佛罗伦萨行驶全球最初的市街电车。

1891　明治二十四年

2月　帝国大学医院护士总管辞职，在东京神田开办日本最初的护士派遣会。

3月　公布度量衡法，采用国际公制。

3月　结核治疗药结核菌素抵达国内7家医科大学。费用是注射液1瓶6元25钱。1周分约8元，投药过程需50周分，约3000元。

4月　东京举行第一次医术开业考试。

5月　《东京朝日新闻》发表社论，强调男女功能的差异，论述女人应该专心致志从事家务和育儿。

7月　小川一真在浅草凌云阁举办"100美人照片"展。

9月　东京出现教育猫捕捉老鼠的猫宠物公司。

10月　发生浓尾大地震（M8.4）。岐阜、爱知县一带，全毁房屋

14.2177万户，砖头建筑物几乎全部倒塌。产生著名的根尾断层，余震持续10多年。第一次实施灾区救恤品免费运输。

＊桌脚可以折迭的矮圆桌取得专利，上市后大流行。

＊德国进口口琴上市。

＊开始制造水彩颜料。

＊东京邮递员开始使用自行车。

＊美国纽约流行日本舞蹈。

＊伦敦－巴黎之间开通电话。

＊印度政府禁止女子早婚，最低婚龄12岁。

＊美国发明全球第1台自动电话交换机。

1892　明治二十五年

3月　驻日奥地利公使Heinrich Coudenhove-Kalergi伯爵和青山光子结婚。日本第一位异国婚姻的女性。

3月　流行饲养绣眼鸟。最上等1只15元，上等4.5元。

7月　歌舞伎座第一次上演《怪谈牡丹灯笼》。

7月　东京电话交换局女子电话接线员增至33人。月薪5元左右。

8月　男女流行可以自由摘掉的铝制装饰金牙，价格15至30钱。

10月　实施包裹邮件法。邮包的开始。

12月　大阪纺织公司第2工厂发生火灾。夜班的女工95人死亡，22人负伤。日本纺织史上第一次大火灾。

12月　大阪角座第一次上演男女混合戏剧。

＊冰淇淋普及，杂志也介绍家庭冰淇淋的做法，冰淇淋制造器械广告增多。

＊法国开始建设混凝土道路。

1893　明治二十六年

4月　东京女子高等师范学校、宫城县女子高等师范学校废止洋装，规定制服为和服，但并非完全禁止洋装。

4月　津村顺天堂在东京日本桥开业，销售妇科药"中将汤"。

7月　文部省指导小学设置女子教育缝纫科目。

7月　三重县第一次从珍珠贝发现5颗珍珠。养殖珍珠的开始。

10月　日本基督教妇女矫风会，为了救助因贫困而沦为妓女的女性，在东京设立职业妇女宿舍。

10月　雇用有夫之妇时，必须提交丈夫的签名。

10月　牧师田村直臣的《日本的新娘》（*The Japanese Bride*），因内容批评旧习的家族制度和婚姻观念，遭禁止发行。

11月　邮政存款的存款者突破100万，100.0117人万，存款总额2496.7204万日元33钱。

12月　群马县废止县内公娼，日本最初的废公娼县。

＊资生堂销售脚气病药"脚气病丸"。维生素药的开始。

＊宫田制枪所制造空气轮胎自行车，年产能力500台。

＊空气轮胎自行车的爆胎修理需要3日，费用5元。

＊夏威夷的日本人2.310万人，原住民4.1111万人，美国人、英国人、德国人等共计9.74万人。

＊美国第一次进行心脏解剖外科手术。

＊农业用拖拉机在英国登场。

1894 明治二十七年

1月 东京的乳牛企业第一次制造、销售酸乳。

1月 丝绸手帕制造业繁盛。大部分职工是10-20岁的女子，约7万人。

3月 东京纺织设置托儿所。

3月 明治天皇、皇后举行银婚庆祝仪式。银婚的开始。

3月 创建平安神宫，举行供奉式。

6月 公布高等学校令。高等中学改称高等学校。

6月 茨城县龙崎市采用一名女子任职土地总帐员。日本第一位女性事务职员，亦是第一位地方公务员。

6月 三井银行大阪支店雇用5名14岁左右的女子为金库员工。

8月 据说乌骨鸡对肺病有特效，饲养乌骨鸡大流行。

8月 甲午战争爆发。

9月 第一次护士随军前往战场。随军护士的开始。

9月 因战争爆发，牛肉罐头需求增大。东京府下的各家罐头铺24小时操作，向职工1日支付3日份的工资，屠牛1日150头。

10月 信鸽使用法普及民间，利用者增加。实验结果，最长距离80里（约313.6km）。

12月 东京因为经济不景气，生活窘困的人力车夫共4万人报名参军夫。

＊第一次牙科医生考试，女子3人合格。其中，高桥孝子于明治三十年1月在东京日本桥开业，成为日本第一位女牙医。

＊咖喱饭急速普及。

＊霍乱死者3.9万人，痢疾死者3.8094万人，天花死者3300人。

＊美国制造最初的实用打字机。

＊德国发明自动手枪。

1895　明治二十八年

1月　文部省公布高等女学校规定。小学4年毕业后入学，学习年限6年。

1月　有轨电车在京都登场。市内电车的开始。

5月　通信省定女子为女子电话接线员总管。

6月　秋田县为了提高女子入学率，免除女子学生学费。

8月　设立京都妇女手工艺会，奖励女子手织蕾丝花边。

＊甲午战争后，护士白衣普及。

＊第一次进口法国香水。

＊木瓜首次传入日本。

＊大城市的人口。东京134.2152万人，大阪49万人，京都33.9896万人，名古屋20.9270万人。

1896　明治二十九年

2月　东京再次流行万年青，最高价格1棵1500元。

5月　大阪商船开始经营大阪–台湾航路。9月，日本邮船开始经营神户–基隆航路。神户–基隆，上等21元，中等14元，下等9元。

6月　三陆冲发生M7.6地震，倒塌房屋1.390万户，流失房屋2500余户，死者2.7122万人。（史上最大的大海啸，高度30m）

8月　文部省禁止不满6岁的儿童就学。

*痢疾流行，死者1.9万人。

*全国人力车21万台，最盛期。

*壁挂型电话机登场。

*开业医生黄金时代开始。国税局创设了营业税，但不向医业征税，医生大赚特赚。

*全国丝绸女工17.2902万人，其中长野县占30%。

*女子行业收入：女医一日约6元，女工日薪5–16钱，电话接线员日薪12–25钱，印刷女工日薪7–40钱。养蚕（月薪），男4–7元，女3–5日元。织布，男2元20钱–5元30钱，女2元20钱–4元50钱。农耕（日薪），男15–20钱，女10–18钱。

*男装的价格

西服　上30元，中23元，普通17.8元。

大衣　上25元，中20元，普通15.6元。

燕尾服　上50元，中40元，普通35元。

*美国流行日本画。在白壁上画日本画的人增多，居住美国的日本画家大受欢迎。在日本的外国人也流行收集彩色浮世绘。

＊美国纽约举行全球首次的收费电影会。

＊美国第一次销售女性卫生棉垫。用纱布包棉，像兜裆布那般吊起使用，一次性。

＊美国犹他州及爱达荷州，通过妇女参政权。

＊匈牙利布达佩斯开通地铁。

1897　明治三十年

1月　皇太后驾崩（11日）后，市内丧服用的黑纱、黑绉绸猛涨。前一年年底1码1元20-30钱，竟飙到9元。

1月　东京市内电话开通数3370，年间使用费40元。当时电话设置费用免费，由于申请数多于开通数，出现电话权的私人转让，转让权利金，价格100元-400元。为避免私人转让买卖太过火，明治三十年规定开通电话时，须支付电话加入登记费15元。1976年的电话加入登记费是80000元，2005年降为37800元。

3月　山阳铁道，随身行李搬运夫"红帽子"登场。

3月　神奈川县第一次针对一般人上映电影，特等1元，1等50钱，2等20钱，3等10钱。东京神田也针对一般人上映电影，特等1元，1等50钱，2等30钱，3等20钱。

4月　《东京朝日新闻》记者用信鸽传达八王子大火灾（3300户烧毁）第一手新闻稿件，之后，信鸽成为报社抢头条新闻的工具。

5月　东京-京都长途电话开通。

6月　东京-大阪长途电话开通。

8月　东京美术学校采用女性模特。

8月　神奈川县流行痢疾，之后，从东京扩展到全国。患者8.94万人，死者2.23万人。

11月　"红帽子"在东京车站登场。头上戴一顶红色鸭舌帽，身上披着一件染着"随身行李搬运人"字样的外褂。费用为行李每1件2钱。

11月　文部省限制小学学费一个月30钱以内。

12月　文部省训令小学、师范学校，男女分班。

12月　制作日本第一部电影《日本桥的马车铁道》。

12月　志贺洁（Shiga Kiyoshi），发现痢疾病原体（细菌），称"志贺菌"或"痢疾杆菌"。

＊全国性天花流行，死者1.2276万人。

＊东京的餐馆476家，饮食店4470家，吃茶店143家，名酒店476家。

＊某下层社会人力车夫的1天家计例子，4人家族，收入1日平均50钱。

白米费　28钱6厘

石油费　8厘

柴火费　2钱5厘

火炭费　3钱

早餐汤　2钱

菜肴费　5钱

房租费　4钱

共计　45钱9厘

★美国开始生产瓶装可口可乐。

★德国发明阿司匹林。

★德国发明阴极射线管（CRT）。